KB272369

나에게 주는 상장

나에게 주는 상장

나에게 주는 상장

손으로 버텨온 시간의 이야기

초 판 1쇄 2026년 03월 25일

지은이 안은혜
펴낸이 류종렬

펴낸곳 미다스북스
본부장 임종익
편집장 이다경, 김가영
디자인 윤가희, 임인영, 윤영빈
책임진행 김은진, 이예나, 안채원, 국소리, 송가희

등록 2001년 3월 21일 제2001-000040호
주소 서울시 마포구 양화로 133 서교타워 711호, 808호
전화 02) 322-7802~3
팩스 02) 6007-1845
블로그 http://blog.naver.com/midasbooks
전자주소 midasbooks@hanmail.net
페이스북 https://www.facebook.com/midasbooks425
인스타그램 https://www.instagram.com/midasbooks

ⓒ 안은혜, 미다스북스 2026, *Printed in Korea*.

ISBN 979-11-7355-824-5 03810

값 18,500원

미다스북스는 다음세대에게 필요한 지혜와 교양을 생각합니다.

나에게 주는 상장

손으로
버텨온
시간의
이야기

안은혜 지음

미다스북스

만약 열일곱 살의 안은혜에게 한마디를 건넬 수 있다면,
가장 먼저 이 말을 해주고 싶습니다.

"좋아하는 마음을 끝까지 가져가도 괜찮아."

열일곱의 나는 앞으로 어떤 사람이 될지 알지 못한 채
그저 하루하루 손을 움직일 뿐이었지만,

그 성실함이 결국 지금의 나를 이 자리까지 데려왔습니다.

매일 같은 시간에 문을 열고,
같은 손으로 머리를 만지며,
사람을 계속 만나는 사람.

화려하지 않아도 오래 남아
누군가의 삶 한 부분이 되어주는 미용사.

저는 그런 사람이
좋은 미용사라고 믿습니다.

열일곱에 일을 시작해 스물다섯 해를 지나왔습니다.
그 시간 동안 저는 단 한 번도 제 손을 놓지 않았습니다.

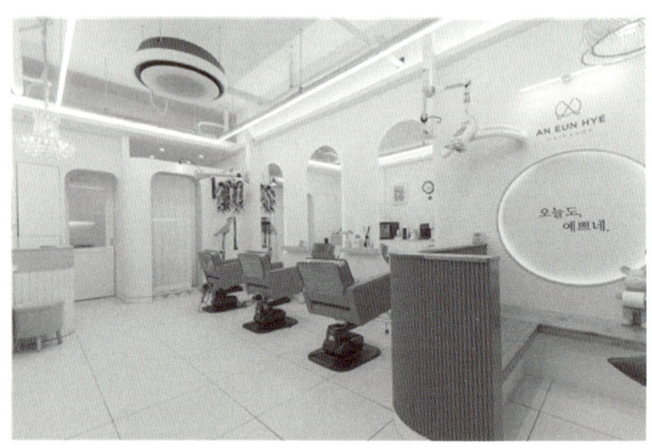

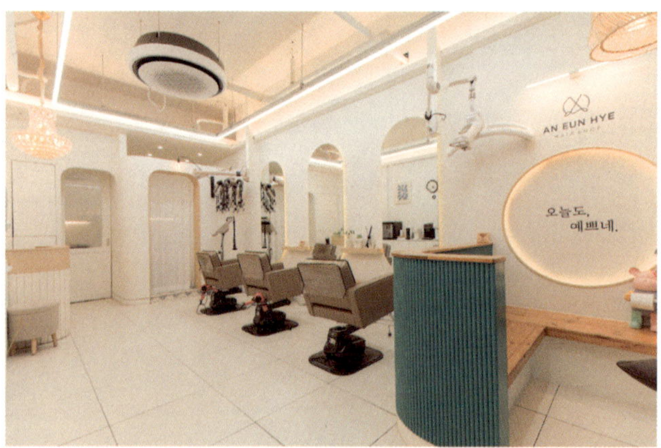

누군가는 성공을 숫자로 말하지만,
저는 시간을 말하고 싶습니다.

매일 문을 열고,
사람을 맞이하고,
손을 움직이고,
다시 문을 닫는 시간.

그 반복이 저를 만들었습니다.

제 삶을 세 단어로 표현한다면
버팀, 손끝, 그리고 다정함입니다.

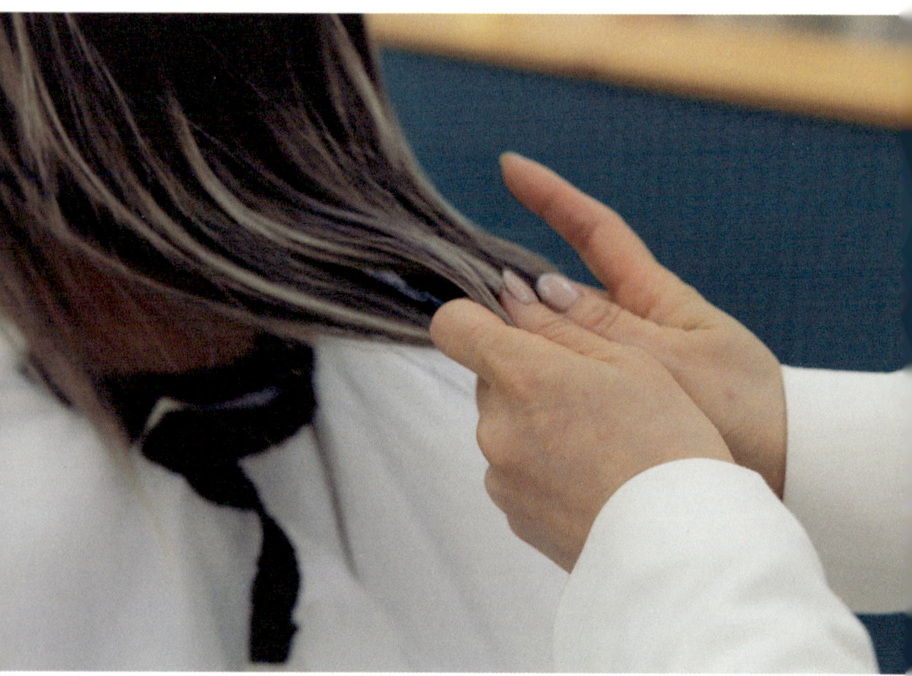

그래서 지금의 저는,
잘 살고 있다는 말을 이렇게 정의합니다.

"오늘의 나를 지켜내며,
내일의 나에게
부끄럽지 않은 하루를 사는 것."

버티며 살아온 시간,
손끝으로 지켜온 삶,
그리고 크게 말하지 않아도 남는 따뜻함.

그것이 저라는 브랜드의 결이라고 생각합니다.

차례

내 인생의 전부

1.

오늘도 미용실 문을 열며
하루를 시작한다.

불을 켜고, 수건을 개고, 거울을 닦고,
커피를 내린다.

이 작고 반복되는 루틴 안에

내 인생의 전부가
들어 있다.

2.

열일곱 살,
처음 미용을 배우기 시작했을 때의 나는
그저 '누군가를 예쁘게 만들어주고 싶다'는 마음 하나뿐이었다.

손끝은 서툴렀고, 마음은 자주 흔들렸지만
그 마음이 나를 여기까지 데려왔다.

누군가는 내게 이렇게 말했다.
"넌 안 될 거야. 세상은 그렇게 쉽게 변하지 않아."

하지만 그 말은 오히려 내 인생의 불씨가 되었다.
'보여줄게, 나는 된다.'

그 마음으로 하루하루를 버텼고,
내 손끝으로 세상을 배워왔다.
그리고 이 길 위에서 수많은 사람을 만났다.

누군가는 상처를 남겼고,

누군가는 따뜻한 말을 건네주었다.
그 모든 만남이 나를 자라게 했다.

그 시간 속에서
나는 '안은혜'라는 이름으로 나 자신이 되어갔다.

3.

나는 안다. 이 일은 단지 머리를 자르는 일이 아니다.
사람의 마음을 다듬는 일이고,
누군가의 하루를 조금 더 예쁘게 바꾸는 일이다.

그래서 나는 내 손을 '작은 빛'이라고 부른다.
지금도 고객의 머리를 감싸며 마음속으로 이렇게 속삭인다.
"오늘 하루만큼은 조금이라도 행복했으면 좋겠다."
그 마음 하나가 내 모든 기술보다 크다.

4.

그 마음 하나로 나는 다시 일어선다.

이 책, 『나에게 주는 상장』은
내가 걸어온 길의 기록이자,
이 세상 모든 미용사들에게,
그리고 손으로 살아가는
모든 사람들에게 바치는 책이다.

누군가는 화려한 스포트라이트 아래에서,
누군가는 조용한 샴푸실 안에서
각자의 손끝으로 세상을 아름답게 만들고 있다.
그들의 손에도,
그들의 마음에도
박수를 보내고 싶다.

내 진심이 닿아
이 책을 읽는 모든 분들께
조용한 위로가 되었으면 좋겠다.

그리고 당신의 하루 끝에도

이 말을 꼭 건네고 싶다.

"오늘도 고생했어요, 당신의 손."

25년 차 미용사, 안은혜

2026년 봄

놀림 받던 아이,
못생겼다고 불리던 그 꼬마가
이 자리에 오기까지
참고, 또 참고, 버텨온 시간들.

그 모든 시간을 지나온 내 자신이
대견하고, 고맙다.

1부

시작을 버텨온 당신에게

안정순에서 안은혜로

초등학생 때 선생님께서 내 이름을 부르면
나는 늘 고개를 숙였다.
내 이름은 안정순이었다.

너무 촌스럽고 이상하다고 친구들에게 자주 놀림을 받았다.
편안할 정(靜)에 순할 순(順).

이름 뜻처럼 나는 정말 순했고,
말도 없고, 착한 아이였다.
얼굴이 까맣고 못생겼다는 말을 들으며
놀림을 받았고,
그래서 혼자 우는 날이 많았다.

혼자서 버티는 법을 아주 일찍 배웠다.
초등학교 시절부터 비롯한 내성적인 성격도
그때 만들어진 것 같다.
친구들에게 놀림을 받아도 부모님께는 말하지 못했다.

걱정하실까 봐
슬퍼도 참고 지냈다.
그러다 보니 오기가 생겼다.
참을성을 갖게 된 것도
아마 그때부터였을 것이다.

어린 나는 이불을 얼굴까지 덮고
기도하며 잠들곤 했다.
빛나는 사람이 되게 해달라고.
눈을 감기 전마다
그 기도를 반복했다.
매일, 또 매일.

공부에는 관심이 없었다.
대신 몸으로 하는 활동이나
손으로 무언가를 만드는 일이 좋았다.
그러다 외발씨름 대회에 나가
반에서 1등을 했다.
그때 내가 잘한다고 느낀 건
오직 하나였다.

참는 힘.
그리고 깡다구.
꺾이지 않는 힘,
다시 일어나는 힘.
전교 외발씨름 대회에서는
2등을 했다.
초등학교 5학년 때 받은
그 외발씨름상이
내 처음이자 마지막 상이었다.
'1등을 할 수 있었는데….'
아쉬움은 남았지만,
집에서 칭찬을 받았던 그날은
유난히 마음이 부풀어 있었다.

그렇게 초등학교와 중학교를 지나
고등학교 1학년 때, 할머니께서 말씀하셨다.
"이름이 좋지 않다."
그래서 나는
안정순에서 안은혜로
이름을 바꾸었다.

은혜 '은'에 밝을 '혜'.

은혜롭게, 밝게 살아가라는 뜻.

열일곱 살,

개명과 함께 미용을 시작했고

내 삶도 조금씩

이름을 닮아가기 시작했다.

사람들이 나를 '은혜'라고 불러주자

이름으로 놀리는 사람도,

장난치는 사람도 사라졌다.

그게 너무 행복했다.

일을 하면서도

사람들은 말했다.

'안은혜'라는 이름이 참 예쁘다고.

지금은 네이버에 '안은혜'를 검색하면

내가 나온다.

이제 내 이름은 나의 브랜드가 되었다.

놀림 받던 아이,
못생겼다고 불리던 그 꼬마가
이 자리에 오기까지
참고, 또 참고, 버텨온 시간들.

그 모든 시간을 지나온 내 자신이
대견하고, 고맙다.
그래서 말해주고 싶다.

은혜야,
정말 잘했어.

그때의 나는
미래의 나를 믿었고,
지금의 나는
그때의 내가 이미 빛나고 있었다는 걸
기억하고 있다.

결국 나는
어느 순간만 빛나는 사람이 아니라

언제나, 계속
잘 살아오고 있었다.

사람은
어느 날 갑자기 빛나는 게 아니다.

참고, 버티고,
자기 이름을 부르며 살아온 시간만큼
언젠가는 조용히 빛난다.

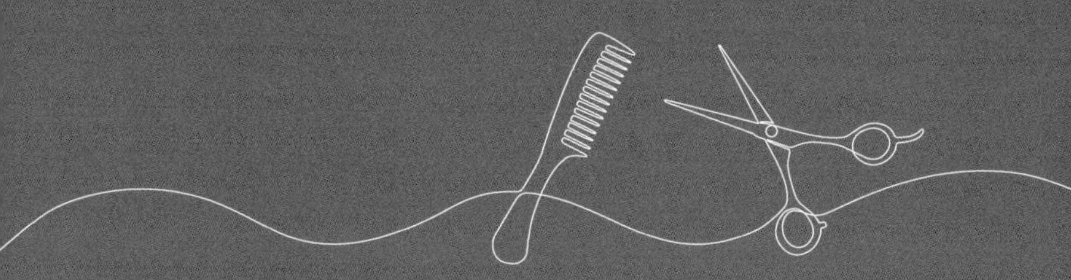

버티는 법을 배우던 시간

나는 25년 차 미용사다.
열일곱 살에 미용을 시작해
지금까지 버티고, 참고, 이겨내며
하루하루를 살아왔다.
처음 미용자격증을 따고 나서는
샴푸실에서 살다시피 했다.
열아홉 살에는 어깨가 너무 아파
침 맞으러 다녔다.
원장님의 잔심부름은 기본이었고
집안 살림까지 거들어 가며
미용을 배웠다.
선배들의 핀잔과 텃세,
혼자 뒤에 가서 펑펑 울던 날들.
당시 들었던 디자이너 선생님의 말이
아직도 생생하다.
"너는 드라이도 못하는 애가
무슨 컷을 하냐."

집에 가서 이불을 뒤집어쓰고
펑펑 울었다.
그리고 다짐했다.
실력 있는 디자이너가 되겠다고.
누구에게나 인정받는
디자이너가 되겠다고.

나는 겁이 없었다.
어느 남자 원장님 미용실에서
첫 출근을 했던 날,
원장님은 나에게 뭐든 다 시켜주셨다.

뭐든 다 해봤다.
남자 커트, 아이 커트,
닥치는 대로.

처음 아이 머리를 자를 때는
손이 정말 많이 떨렸다.
뒤에서 아이 엄마가 보고 있었다.
티 내지 않고 자르긴 했지만

눈치를 채셨는지
"이제 그만 자르세요."라고 하셨다.
그날, 아이와 엄마는
계산하고 바로 나가버렸다.
너무 죄송했다.
그런데도 원장님은
한 번도 나를 혼내지 않으셨다.
말수는 적었지만
정 많고 인정스러운 분이었다.

어느 날은 남자 손님이 와서
바리깡으로 열심히 머리를 깎아드렸는데
손님이 갑자기 가게 안에서
소리치며 욕을 했다.
쥐구멍이라도 있으면
들어가고 싶었다.
그날도 집에 가서
이불을 덮고 울었다.
그러다 알게 됐다.
내 손가락 힘이 세다는 걸.

샴푸를 하면
고객님들이 시원하다고 했다.
그 말 한마디에
고객님의 표정이 달라지는 게 보였다.
극한의 상처를 받다가도
칭찬 한마디면
나는 다시 살아났다.

안 좋은 일은
빨리 잊어버리자고
스스로를 훈련했다.
그게 내가 버틸 수 있었던 힘이었다.

그 원장님 미용실에서는
5년을 일했다.
그곳에서
커트, 염색, 파마, 매직,
중년 여성 컷까지 모두 배웠다.
원장님은 중년 여성 컷을 정말 잘하셨다.

그 옆에서 5년을 버텼다.
언니들이 술 먹고
안 나오는 날이면
그날 일은 전부 내 몫이었다.
스트레스는 쌓여만 갔다.

스무 살 초반,
원형탈모가 왔다.
주먹만 하게 머리가 빠졌다.
밥도 제대로 못 먹는 날이 많았다.
그렇게 버티고, 또 버텨
나는 결국
'디자이너'라는 이름을 달았다.

스물세 살,
내 명함에는 이렇게 적혀 있었다.

> **안은혜**
> 헤어 디자이너

버텨온 시간은
사라지지 않는다.
말없이 지나간 날들이
결국
손에 남아
나를 만들었다.

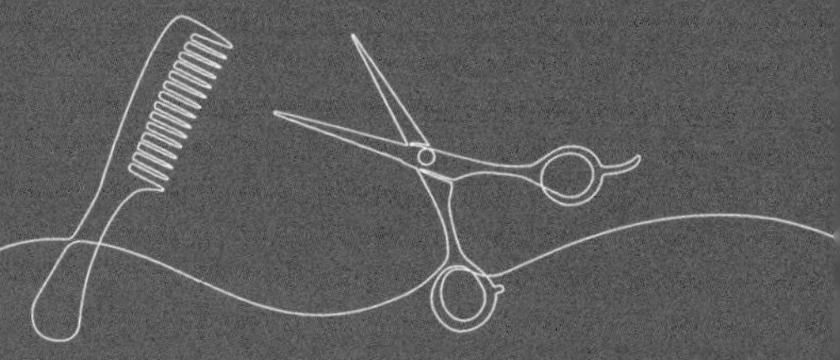

원장이 된다는 것

원장님이 큰 매장을 오픈하셨고,
나는 열 명의 디자이너 사이에서
경쟁하게 되었다.
모두 나보다 나이가 많았고,
나는 스물세 살이었다.

고객 한 분, 한 분을
정말 소중하게 대하려 했다.
고객에 대한 작은 부분까지
메모장에 기록했다.
경쟁은 치열했다.
손님이 많아질수록
서로 간의 긴장감이 느껴졌다.

그 시기,
나는 매출 1위를 기록하곤 했다.
스스로도 놀라웠다.

내가 이런 사람이 될 수 있다는 것이.

내 최종 목표는

미용실 원장이 되는 것이었다.

그렇게 2년 동안 저축을 한 끝에

작은 미용실을 열었다.

원장이 되고 나니

해야 할 일이 너무 많았다.

청소, 전기, 수도, 전구 교체까지.

누군가를 부르는 일은 모두 비용이었기에

할 수 있는 일은 직접 해결했다.

월세, 세금, 공과금,

재료비와 운영에 관한 모든 선택이

내 책임이었다.

가게는 오래된 주택이었다.

처음에는 낯선 일들이 많았다.

어느 날은,

바퀴벌레가 나타났다.

너무 놀라 한참을 바라보고만 있었다.

하지만 이 공간을 지키는 사람은
나였다.
종이컵으로 조심스럽게 덮고,
움직임이 멈출 때까지 기다렸다가
살충제를 뿌렸다.

현실은 막연히 꿈꿔왔던 상상과 달랐다.
화장실 청소도,
밥도,
모두 원장의 몫이었다.
그렇게 하나씩,
가게를 지켜가는 법을 배워갔다.

겨울이 되면 미용실은 자주 멈추곤 했다.
보일러가 밖에 있어서, 추운 날이면 물이 얼어버렸다.
따뜻한 물이 나오지 않는 날이면
드라이기를 들고 밖으로 나갔다.

문을 여는 순간 차가운 공기가 얼굴에 닿았다.
숨을 내쉴 때마다 하얀 입김이 흩어졌다.

나는 보일러 앞에 쪼그려 앉아
드라이기의 따뜻한 바람을 천천히 불어넣었다.
아무 말 없이, 그저 기다렸다.

얼어붙은 것이 다시 움직이기를.

세탁기가 멈춰버린 날도 있었다.
젖은 수건이 그대로 굳어 있었고,
나는 전과 같은 드라이기를 들고 그 앞에 섰다.
손끝이 점점 시려왔지만
멈출 수 없었다.
미용실 안에 나를 기다리는 손님들이 있었기 때문이다.
손님을 앉혀두고 차가운 물로 머리를 감길 수는 없었다.

나는 정수기에서 따뜻한 물을 받아
조심스럽게 대야에 담았다.
그리고 두 손으로 물의 온도를 확인한 뒤,
천천히 손님의 머리를 감겨드렸다.
번거로운 일이었지만
그렇게 해야 마음이 놓였다.

손님은 아무 말이 없었고,

나도 아무 말도 하지 않았다.

그저 아무 일도 없는 것처럼,

나는 내 자리를 지켰다.

어느 겨울 아침에는 직원이 나오지 않았다.

아무 연락도 없었다.

휴대폰을 몇 번이나 확인했다.

전화도 없었고,

문자도 없었다.

화면은 조용했고,

나는 잠시 그 자리에 서 있었다.

이미 예약은 가득 차 있었고,

멈출 수도, 미룰 수도 없었다.

천천히 미용실 문을 열었다.

손님은 평소처럼 들어왔고,

나는 평소처럼 인사를 했다.

혼자서 머리를 감기고,

가위를 들고,

드라이기를 들고,
바닥에 떨어진 머리카락을 쓸었다.

손은 쉴 틈이 없었고,
생각할 틈도 없었다.
그저 해야 할 일을
멈추지 않고 이어갔다.

그날 나는 알았다.
누군가가 있어서가 아니라,
내가 내 뜻으로 이 자리를
지키고 있었다는 것을.

그렇게 나는,
혼자서도 이 미용실을
지켜내는 사람이 되어갔다.

미용이라는 일은
겉으로는 아름다워 보이지만,
그 안에는 많은 책임이 있었다.

예상하지 못한 일들도 있었고,
그때마다 나는
이 일이 얼마나 섬세한 일인지
다시 배우게 되었다.

사람의 머리를 만진다는 것은
단순한 기술이 아니라,
사람의 일상을 함께 만지는 일이라는 것을
알아가는 시간이었다.

어려운 순간들도 있었지만,
포기하지 않았다.
시간이 지나며 가게는 조금씩 자리를 잡았고,
나는 나만의 방식으로
이 일을 이어가고 있었다.

그러던 어느 날,
코로나라는 예상하지 못한 시간이 찾아왔다.
혼자 일하는 시간이 길어지면서
자연스럽게 나 자신을 돌아보게 되었다.

나는 무엇을 좋아하는 사람인지,
어떤 삶을 살고 싶은지
조용히 생각하게 되었다.

그리고 지금,
나는 1인 샵 원장으로
나만의 길을 걷고 있다.
남들이 가지 않은 길일 수도 있지만,
내가 선택한 길이다.
내 방식대로,
내 마음이 향하는 방향으로
한 걸음씩 걸어가고 있다.

이제는 더 나은 내가 되기 위해
계속 배우고,
계속 성장하고 싶다.

많은 것을 가져야
성공이라고 믿던 시절을 지나

이제는
내가 감당할 수 있는 만큼만
가지는 사람이 되었다.

그 선택이
지금의 나를 지켰다.

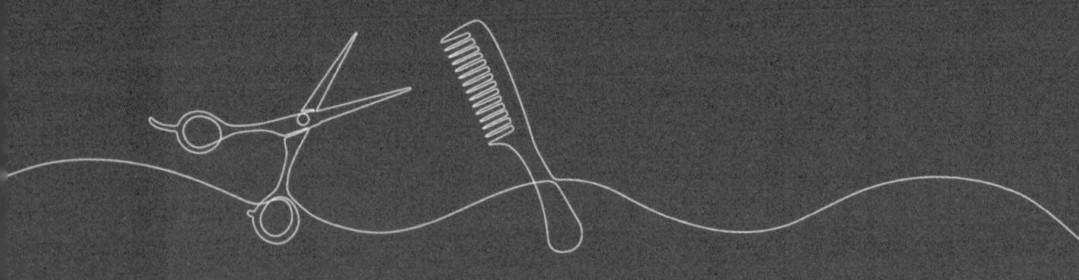

Q.

처음 미용을 배우기 시작했을 때, 그 어린 마음을
지금 돌아보면 어떤 감정이 드시나요?

저는 미용을 좋아하는 아이였습니다.

처음부터 거창한 꿈이 있었던 건 아니지만,

손으로 무언가를 만들고 사람의 변화를 눈앞에서 마주하는 일이

그저 재미있고 좋았습니다.

돌아보면 서툴고 미숙했지만, **좋아하는 마음**만큼은 분명했습니다.

그 마음 덕분에 쉽게 포기하지 않고

하루하루 손을 움직일 수 있었던 것 같습니다.

그 시절의 저를 한 단어로 표현하는 말은

바로 '성실함'입니다.

엄마와 함께 버틴 날들

어린 시절의 나는 조용한 아이였다.
학교를 마치고 집으로 돌아오는 길,
나는 늘 엄마를 떠올리곤 했다.
문을 열고 들어간 집 안에는
엄마의 온기가 남아 있었다.
정리된 식탁 위의 흔적과
가지런히 놓인 물건들 속에서
엄마의 마음을 느낄 수 있었다.

엄마는 늘 자신의 자리를 지키는 사람이었다.

말이 많지 않아도,
엄마의 눈빛은 언제나 따뜻했다.
그 눈빛을 바라보는 것만으로도
나는 충분히 위로받고 있었다.
엄마는 말보다 삶으로 보여주셨다.

묵묵히 하루를 살아가는 모습,
쉽지 않은 순간에도 포기하지 않는 마음,
그리고 사람을 향한 따뜻한 시선을.

나는 그런 엄마의 모습을 보며 자랐다.
엄마는 늘 그 자리에 있었다.
보이지 않는 순간에도,
언제나 나를 위해 살아가던 사람.

엄마를 보며 버티는 법을 배웠고,
다시 일어나는 힘을 배웠다.
마음이 흔들리는 순간에도
내가 무너지지 않을 수 있었던 이유는,
엄마가 내 안에 남겨준 힘 때문이었을 것이다.
그래서 지금의 내가
여기까지 올 수 있었는지도 모른다.
엄마는 내 삶 속에서
말없이 나를 지켜준 사람이었다.
조용하지만,
가장 따뜻한 빛으로

늘 내 곁에 있어 준 사람.

이제는 말해주고 싶다.

엄마,
그동안 정말 고마웠어.
엄마가 있었기에
나는 여기까지 올 수 있었어.
엄마의 딸로 살아온 시간이
내 삶에서 가장 큰 축복이었어.
이제는 내가
엄마의 손을 잡아주고 싶어.

엄마,
사랑해.
그리고 앞으로는
엄마와 더 많은 시간을 함께하며,
더 많이 웃고 싶어.

나는
엄마의 따뜻함 속에서
지금의 내가 되었다.

내 손이 사람을 따뜻하게 대할 수 있는 이유는
기술 때문이 아니라
엄마가 평생 보여준 태도 때문이라는 걸.

엄마가 나에게 건네준 삶의 방식이
이제는
내 손을 통해
다른 사람에게 전해지고 있다.

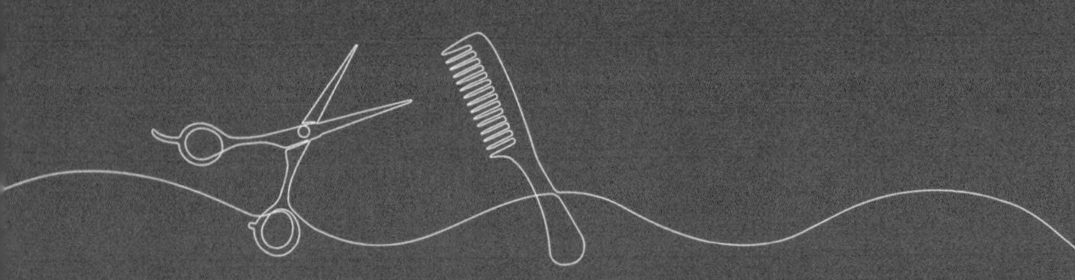

행복을 나누는 나의 손

오늘도 나는 열 분의 고객을 만났고,
열 분에게 작은 행복을 나눠드렸다.
나는 사람을 참 좋아한다.
어릴 때부터 나 자신을 꾸미는 일이 좋았고,
그런 나를 사람들이 좋아해 주는 것도 좋았다.
누군가를 예쁘게 만들어 주는 일이
내가 살아가는 이유처럼 느껴졌던 것 같다.

그렇게 살아오다 보니
억지로 애쓰지 않아도
자연스럽게 고객이 늘어났다.
내가 행복하면
다른 누군가도 더 행복하게 해줄 수 있다는 걸
열일곱, 아주 어린 나이에
이미 알고 있었던 것 같다.
그랬기에 이토록 간절히 성공을 향해
달려올 수 있었던 건 아닐까,

가끔은 생각해본다.

거의 24년을 쉬지 않고 일했다.

그러다 쓰러져 응급실에 실려 가기도 했고,

괜찮아졌다가 다시 아프기를 반복했다.

열이 38도가 넘어도

아픈 줄조차 모르고 일했던 날들도 있었다.

책임감과 사명감으로

내 한계가 어디까지인지 모르고

끝까지 밀어붙이며 살아왔다.

너무 간절히 원했던 일이기에

힘든 줄도 몰랐던 것 같다.

누군가에게 털어놓아 본 적도 없이

모든 걸 혼자 해결해야 한다고 믿었다.

어차피 말해도

아무도 나를 알아주지 않을 거라는

틀에 박힌 생각 속에서.

그러다 문득,

나 자신을 잃어가고 있다는 생각이 들 때도 있었다.

고객에게는 항상 밝고 좋은 모습만
보여야 한다는 마음으로 살다가
이제야 돌아보니
나 자신에게는
조금 더 친절했어야 했다는 생각이 든다.
그래도 나는
미용을 하며 내 시간을 지켜왔고,
내 삶을 포기하지 않았다.

고객 한 분 한 분을 만나기 전
어떤 스타일을 하실지 미리 살피며
하루의 동선을 준비하고 기록한다.
시간을 헛되이 쓰지 않으려 애쓴다.
나에게 시간은
너무도 소중하고 귀한 것이기 때문이다.
고객님들과의 대화는
매일 새로운 강연을 듣는 시간 같다.
각자의 삶과 일상, 이야기 속에는
배울 점과 에피소드가 참 많다.

오늘 만난 고객님은

15년째 나를 찾아주시는 단골 고객님이다.

늘 선한 영향력을 주시는 분.

마음이 곱고 말이 우아하며

배울 점이 많은 분이다.

그분과 이야기를 나누며 다시 깨달았다.

진짜 노하우는 결국 '마음'이라는 것을.

진심 어린 관심,

상대의 마음을 세심하게 바라봐 주는 것.

그것만으로도 사람은

충분히 위로받을 수 있다는 것을.

그날 그녀는 염색을 하러 왔고,

이야기를 나누는 사이

탈색과 염색이 모두 끝났다.

조금 더 밝아진 머리를 보며

환하게 웃으시는 모습을 보니

나 역시 행복해졌다.

사실 나는 안다.

이야기에 집중할수록
머리는 더 예쁘게 완성된다는 것을.
나는 늘 샴푸에 정성을 들인다.
먼저 머리를 깨끗이 씻기고,
두피 팩을 한 뒤
작은 손으로 천천히 마사지해 드린다.
고객님들은 이 시간이
가장 행복하다고 말해주신다.
그 말을 들을 때마다
내 마음이 더 따뜻해진다.
내 손이 누군가에게
좋은 영향을 줄 수 있다는 사실이
조용히 느껴지기 때문이다.
이렇게 한 시간의 이야기가 흐르는 동안에도
내 손은 멈추지 않는다.
오늘도 나는
행복을 하나씩,
조심스럽게 나눠주고 있다.

오늘도 수고했어, 내 손.

벚꽃이 머물던 봄날

벚꽃잎이 흩날리는 날이면
문득 생각한다.

13년 전,
처음 이 가게의 문을 열고
일하던 그날을.

내 눈앞에 사진처럼 서 있던
커다란 벚꽃나무 아래에서
일을 하던 그 장면이
어느 순간 또렷하게 떠오른다.

쇼파에 앉아 있으면
하얀 눈꽃나무들이
눈앞에 펼쳐진 것만 같다.

가게 앞 벚꽃나무를 바라보며

13년을 함께한 이 공간을 떠나오던 날,
추울 때도, 더울 때도,
봄 · 여름 · 가을 · 겨울을 함께해 주신
고객님들의 얼굴이 하나둘 떠올랐다.

남동생이 셀프로 인테리어를 해주고,
우드 간판을 가위 모양으로 디자인해
간판상을 받았던 기억도 있다.

이곳에는
나의 20대와 30대가 담겨 있다.
애정과 사랑이 가득했던 시간들,
내 손길을 스쳐 간 수많은 고객님들과 직원들.

옆 치킨집 사장님,
뒷집 건물주 언니,
오가며 인사하던 식육점 사장님,
매일 걷던 길 뒤편의 벚꽃나무들,
내 얼굴 보러 와주던 아파트 어머님들까지.

지나갈 때마다
서로 인사하던 그 동네의 일상을
이제는 더 이상 함께할 수 없다는 사실이
유난히 크게 다가왔다.

나는 그렇게
13년을 함께한 추억들을
하나하나 떠올렸다.

직원들과 고기 구워 먹던 날들,
수다 떨며 웃던 시간들,
회식하던 날,
함께 청소하며 나누던 이야기들.

직원을 혼냈던 날,
울고 웃고 속상했던 순간들,
퇴사로 마음이 무거웠던 날들.

오래 함께해 준 고마운 직원,
내 가게처럼 성실하게 일해 주던 직원 덕분에

내가 더 빛났던 날들도 있었다.

그 모든 장면들이
한순간에 머릿속을 스쳐 지나갔다.

어쩌면
직원들 때문에 속상했던 날들마저
지금의 나에게는
자산이 된 것 같기도 하다.

내 뜻대로 되지 않을 때
함부로 내뱉었던 말들,
그 말들이 누군가에게는
상처였을지도 모른다.

그때의 나는
그릇이 크지 못했다.
눈에 보이지 않았지만
그들도 나처럼 아팠을 것이다.

시간이 흐르고 나서야
비로소 보이는 것들이 있다.

나에게도 나만의 고집이 있었고,
누군가를 품어줄 만큼의
여유와 깊이가 부족했다는 걸
이제야 알게 된다.

아픔을 겪어본 사람만이
소중함을 안다는 말처럼,
모든 건 시간이 지나야
비로소 제자리를 찾는다.

고통은 지나고 나면
조금 더 성숙한 나를 남기고,
나는 그렇게
나를 돌아보며 성장해 왔다.

마흔이 되고 나서야
그 사실을 알았다.

그땐 여유롭지 못했다.
고객이 없으면 불안했고,
책임져야 할 것들이 늘어날수록
마음 한켠에는
불안과 공허함이 늘 함께했다.

한 달에 나갈 월세,
직원 월급, 재료비, 세금….
그 숫자들이
나를 짓눌렀다.

겉으로는
"돈 많이 벌어서 좋겠다",
"능력 있어서 부럽다"는 말을 들었지만
내 마음 깊은 곳에는
늘 불안이 자리하고 있었다.

나는 옷을 사고,
명품 가방을 사고,
무언가를 소유하며

그 마음을 채워보려 했지만
결국 채워지지 않았다.

어쩌면 그 모든 시간은
더 단단한 어른이 되기 위한
과정이었는지도 모른다.

나는
내 자신을 사랑할 줄 아는 사람이
되고 싶었다.
그래야
다른 누구도 사랑할 수 있으니까.

하지만 마음 한켠은
텅 빈 것 같았다.
고객님들과 헤어지는 일이
쉽지 않았다.

모두 가족 같은 분들이었기에
이 선택이 맞는 건지

끝없이 스스로에게 물었다.

옆집 할머니는
정 많고 다정한 분이셨다.
서운해하시는 모습을 보며
나도 울컥했다.

어머니처럼
매일 인사 나누던 분이었다.
마지막 인사를 하던 날,
눈물이 차올랐지만
애써 담담한 척했다.

"안은혜,
넌 다른 곳에 가면
더 잘할 수 있어."

그 말은
나에게 건네진
하나의 주문처럼 남았다.

새로운 가게는
전보다 조금 좁았다.
13평 남짓한 공간.

하지만 내 마음은
그 어느 때보다 넓고 단단했다.

이곳에서는
정말 제대로 준비해서
새롭게 시작하고 싶었다.

"이제는 진짜 나다운 가게를 만들자."

그 마음으로 다시 시작했다.

화이트와 우드,
깔끔하고 따뜻한 공간.

인테리어는
이 가게의 가치이자

나의 얼굴이라 생각했다.

이곳에서는
나 혼자,
1인 샵으로 시작했다.

약제는 모두 프리미엄으로 바꿨고,
기구도 새것으로 채웠다.

무엇보다
전신 안마 샴푸대를 들여놓았다.
그 덕분에 고객님들이 다시 찾아주셨다.

다른 곳에는 없는 것들을
끊임없이 고민하고 시도했다.

새로운 고객님들,
새로운 인연들,
새로운 도전들.

나는 스스로에게 말했다.

"내가 잘하는 것,
나만의 무언가를 만들면
괜찮을 거야."

그리고 다시 다짐했다.

"내가 나를 믿어야 한다."

벚꽃잎이 흩날리는 날이면
지나간 시간들이
아직 내 안에서
조용히 살아 있다는 걸 알게 된다.

떠나왔어도
사라진 것은 아니었다.
계절이 바뀌어도
시간은 마음 안에 남아
나를 만들고
지금의 나를 지탱하고 있었다.

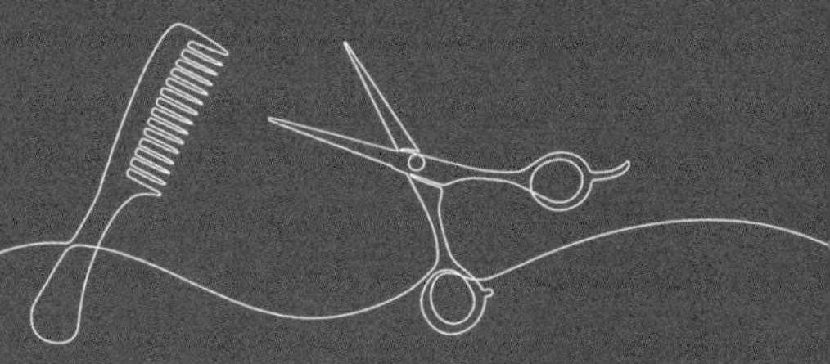

나의 하루를 여는 마음

아침에 출근하자마자 가장 먼저 하는 일은
미용실 문을 살짝 여는 것이다.
밤새 머물던 공기를 내보내고,
새로운 하루의 숨을 들이는 시간이다.

환기가 끝나면 오픈 준비가 시작된다.
청소 상태를 다시 한번 확인하고,
수건을 반듯하게 접고,
바닥에 남아 있을지 모를
머리카락까지 말끔히 정리한다.

이 조용한 아침 정리는
곧 들어올 고객님을 맞이하기 위한
가장 기본적인 예의다.

공간이 정돈되면 이제 나 자신을 준비한다.
드라이로 머리를 차분히 정리하고,

메이크업과 옷차림을 다시 한번 점검한다.
거울 속의 내가 오늘 하루
고객을 맞이할 준비가 되었는지
스스로에게 묻는 시간이다.

커피 한 잔을 내려 마시며
고객 관리 프로그램을 켠다.
오늘 예약된 고객님들의 이름과 예약 시간을 확인하며
한 분 한 분의 얼굴을 떠올린다.

예약을 확인하는 이 짧은 순간에도
나는 마음속으로 다짐한다.
'오늘도 이 시간을 소중히 쓰자.'

1. 첫 인사, 첫 마음

고객님이 들어오시면
가장 먼저 밝게 인사한다.

“안녕하세요.”
그리고 가운을 건네며
편하게 앉으실 자리를 안내한다.

“오늘 어떤 음료 드릴까요?”

우리 매장에는
일리와 테라로사 커피가 준비되어 있다.
작은 미용실이지만
아침마다 커피 향이 흐르는 공간이 되길 바랐다.

고객님은 그저 머리를 하러 왔을 뿐일지라도,
잠시라도 카페처럼
편안한 시간을 드리고 싶었기 때문이다.

커피 한 잔이 놓이면
그제야 본격적인 상담이 시작된다.
“오늘은 어떤 스타일로 도와드릴까요?”

2. 스타일은 대화에서 시작된다

매장 한쪽 벽에는 큰 스크린이 있다.
고객님이 원하는 스타일을 함께 보며
이야기를 나눈다.

"레이어드 컷 펌이요."

그 말 한마디 속에는
변화에 대한 기대와
작은 설렘이 담겨 있다.

"그럼 오늘,
원하시는 스타일로 하루를 바꿔드릴게요."

나는 그렇게 약속하듯 말하고
가위를 든다.
머리를 자르는 동안
고객님의 얼굴을 유심히 본다.
표정, 말투,

고개를 끄덕이는 속도까지.
이분이 어떤 성향인지,
어떤 스타일을 좋아하는지
자연스럽게 읽어낸다.
모발의 방향과 모질을 확인하고
섹션을 나누고 약을 바를 때도
꼼꼼함을 놓치지 않는다.

"앞머리도 내려볼까요?"

무작정 권하지 않는다.
얼굴형과 분위기를 함께 보며
고객님과 헤어가 어울릴지를
충분히 설명한 뒤 결정한다.

이 과정이 쌓일수록
고객과 나 사이에는 신뢰가 생긴다.

3. 손끝으로 전해지는 마음

틴닝 가위로 질감을 정리하고
가위를 돌려가며 컷을 이어간다.
항상 밝은 표정과
여유 있는 태도를 유지하려 한다.

미용사에게는
손끝만큼이나
마음의 온도가 중요하다고 믿기 때문이다.

고객님은 커피를 마시며 말한다.
"오늘 커피 참 맛있네요. 기분이 좋아요."

그 한마디에
나도 함께 기분이 좋아진다.
이 공간에서의 작은 만족이
하루 전체의 기분으로 이어지기를 바란다.

컷이 마무리되면

펌 시술에 들어간다.
약을 바르고 롯드를 말며
머릿속으로 완성될 모습을 그린다.

'오늘도 하나의 변신을
함께 만들고 있구나.'

그 생각에
조용한 뿌듯함이 밀려온다.

4. 함께 머무는 시간의 가치

펌을 말고 있는 동안에도
대화는 이어진다.
스타일 이야기,
일상, 여행,
때로는 책 이야기까지.
고객님이 이 시간을 예약해 주신 이유는
단순히 머리를 하기 위해서만은 아닐 것이다.

함께 머무는 이 시간이 편안하기 때문에
다시 찾아와 주신다고
나는 믿는다.

시술이 마무리될 즈음
고객님을 샴푸실로 안내한다.

"편하게 누우세요.
불편한 곳은 없으세요?"

물 온도를 확인하고
담요를 덮어드린다.
안마 기능이 있는 샴푸대 위에서
고객님은 자연스럽게 긴장을 푼다.
염색 시에는 두 번 샴푸를 하고,
펌 시에는 크리닉 제품을 사용한다.

"영양 서비스 해드릴게요."

스팀과 아로마 오일 한 방울까지 더하면

고객님의 숨결이
한층 느려진다.

편안히 잠든 모습을 볼 때마다
이 시간은
나에게도 힐링이 된다.

5. 마무리, 그리고 다음을 약속하며

샴푸가 끝나면 거울 앞에서 마무리 손질을 한다.
앞머리가 차갑지 않도록 먼저 말리고,
뒤에서 앞으로 드라이해야 하는 이유를
차분히 설명한다.
손질법을 하나하나 알려드리고
마지막으로 오일을 발라 완성한다.

거울 속의 고객님과 눈이 마주친다.
그 표정에서 만족이 느껴질 때
나는 조용히 안도한다.

마지막으로
완성된 헤어를 사진으로 남겨드린다.

리뷰 이벤트를 통해 남겨주신 글은
나에게 단순한 후기가 아니다.
고객님이 건네는
한 통의 편지다.
그래서 나는 늘
정성스럽게, 길게 답장을 쓴다.
가끔은 손편지도 함께 건넨다.
그럴 때
고객님이 웃으며 좋아하시는 모습을 보면
이 일이 참 고맙게 느껴진다.

문을 나서시는 순간까지
나는 1층까지 함께 내려가 배웅한다.
"오늘 찾아주셔서 정말 감사합니다.
다음에 또 뵐게요."

그 인사는 형식이 아니라

다음 만남을
진심으로 기다리는 마음이다.
이렇게 매일 반복되는 나의 루틴은
단순한 일상이 아니라,
한 사람 한 사람에게
마음을 전하는
나만의 방식이다.

시간 속에서 자라난 나

오래 전, 당시 4살이었던 한 아이가
우리 매장을 찾아왔었다.
그 아이는 이제 고등학생이 되었다.
시간이 이렇게 흘렀다는 사실이 새삼스럽고,
그 시간이 내 일상 안에도
고스란히 남아 있다는 것이 감사하다.

아직 말이 서툴고
의자에서 다리를 흔들던 아이였는데,
이제는 교복을 입고
조용히 앉아 거울을 바라본다.

그 아이의 머리는
어릴 때부터 지금까지
한 번도 다른 손을 거치지 않았다.
커 가는 시간 동안의 모든 시술을
내가 해왔다는 사실이 참 특별하게 느껴진다.

무엇보다도,
그렇게 자라서도 여전히
내 매장을 찾아와 준다는 것만으로
나는 충분히 감사하다.

관계는 늘 선택의 문제인데,
그 아이는 오랜 시간 동안
나를 선택해 주었다.
가끔 그 아이에게 묻는다.

"요즘 공부는 어때? 많이 힘들지?"

요즘 학생들은
오래 앉아 있어야 하고,
공부할 것도 많고,
결정해야 할 것도 많다.
중학교 때부터 진로를 고민해야 하는 시대 속에서
학생들이 가장 힘든 시기를 지나고 있다고 느낀다.

그래서 마음속으로 바라게 된다.

내가 써 내려가는 이 기록들이,
그 아이와 같은 학생들에게
조금이라도 숨을 고를 수 있는
시간이 되었으면 좋겠다고.

당장 답을 주지는 못하더라도,
'나만 그런 건 아니구나' 하고
잠시라도 마음을 내려놓을 수 있다면.

그것만으로도
이 글을 쓰는 이유는 충분하다.

나는 머리만 자르는 사람이 아니라
사람의 시간을 곁에서 지켜보는 사람이고 싶다.
그 아이가 더 자라
언젠가 이 시간을 떠올릴 때,

"그때, 마음이 편했던 미용실이 있었지."

라고 기억해 준다면
그걸로 충분하다.

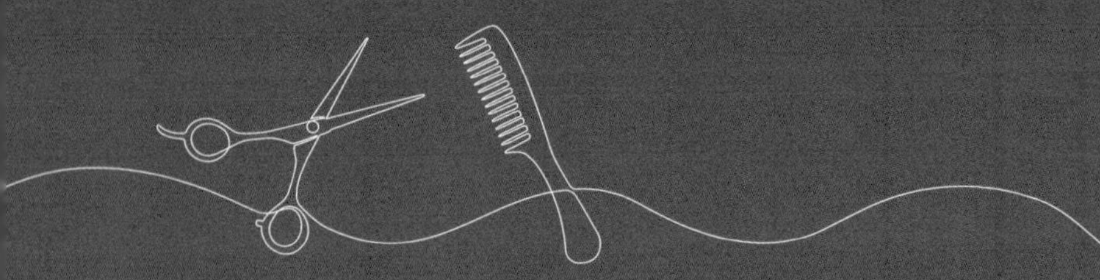

Q. 만약 열일곱 살의 안은혜에게 한마디를 건넬 수 있다면,
가장 먼저 어떤 말을 해주고 싶으신가요?

"좋아하는 마음을

끝까지 가져가도 괜찮아."

잘하는 사람이 되지 않아도,

남들보다 느려도,

좋아하는 일을 쉽게 포기하지 않았다는 사실이

결국 너를 여기까지 데려올 거라고

말해주고 싶습니다.

샴푸실에서 숨을 고르며

나는 가끔 손님이 없을 때
샴푸실에서 잠시 쉬곤 한다.
그곳은
나에게 진짜 휴식의 공간이다.
샴푸실 의자에 몸을 맡기고
눈을 감은 채
아무 생각 없이
잠시 눈을 붙이는 그 순간,
나는 온전히
나를 위한 시간을 갖는다.

그 고요한 샴푸실에서의
짧은 휴식은
반복되는 하루 속에서도
나에게 작은 안식을 선사한다.

그 순간

나는 잠시 일에서 벗어나
마음을 비우고,
잔잔한 고요함 속에서
스스로를 돌아본다.

손님이 없는 그 공간은
단순히 쉬는 곳을 넘어
마음의 여유를 되찾는
소중한 공간이 된다.
짧은 휴식이 쌓여
나는 다시 에너지를 채우고,
마음의 균형을 잡으며,
또다시 일상으로 돌아갈 힘을 얻는다.

이렇게 샴푸실은
단순한 휴식 공간을 넘어
마음을 재충전하는
하나의 자리로 남는다.

웃어보려 했던 날들

열일곱 살의 나는
인생의 모든 것을 다시 시작하는 기분이었다.

이름이 바뀌고 나니
세상도 조금은 다르게 보였다.
'안은혜'라는 이름을 부를 때마다
내 안 어딘가에서 작게 빛이 났다.
그 이름이 나에게 용기가 되어 주었다.

고등학교 1학년 봄,
나는 미용실 문 앞에 섰다.
유리문 너머로 들려오는 드라이 소리,
가위가 머리카락을 스치는 날카로운 소리.
그 안의 공기가 묘하게 반짝였다.
"나도 저 안에서 저렇게 멋지게 일하고 싶다."
그게 미용과의 첫 만남이었다.

그날 나는 용기를 내어 문을 열었다.
"저… 일 배우고 싶어요."
그 한마디가 내 인생을 바꾸었다.

누군가를 예쁘게 해주는 일이
이토록 가슴 뛰는 일이라는 걸
그때는 미처 몰랐다.
처음 들어간 미용실은 크지 않았다.
드라이기 소음과 샴푸 냄새,
중화 약품의 알싸한 향이 뒤섞인 공간.
하지만 당시의 나에게는
그곳이 마치 무대처럼 느껴졌다.
선배 언니들의 손끝이 고객의 얼굴을 바꾸고,
거울 속 표정이 밝아질 때마다
생각했다.

하지만 현실은 그리 아름답지 않았다.
하루 열두 시간, 아침 아홉 시부터 밤 아홉 시까지.
청소, 샴푸, 수건 빨기, 바닥 쓸기.

손가락 사이가 갈라지고 피가 나도
나는 가위를 내려놓지 않았다.
아파도 멈추지 않았고,
힘들어도 웃었다.
그 손으로
오늘도 누군가의 하루를 만졌으니까.
손끝은 갈라지고 발은 퉁퉁 부었다.
그래도 나는 웃었다.

"나는 배우는 중이야.
언젠간 나도 디자이너가 될 거야."

그 마음 하나로 버텼다.

첫 월급은 오십만 원이었다.
그 돈을 손에 쥐던 날, 눈물이 핑 돌았다.
"이게 내 손으로 번 첫 돈이구나."
나는 그 돈을 엄마에게 모두 드렸다.
엄마는 아무 말 없이 나를 안아주셨다.
하지만 버티는 건 쉽지 않았다.

손님이 몰리는 토요일이면
아침부터 밤까지 서 있는 게 당연했다.
아무리 배가 고파도 밥 먹을 시간은 없었다.
고객의 머리를 감기다
배가 꼬르륵거릴 때면
나는 스스로를 달랬다.

가끔은 미용사를 함부로 대하는 손님도 있었다.

"야, 거기 물 튀잖아."
"이거 왜 이렇게 느려?"

그럴 때마다 손끝은 떨렸지만
끝까지 미소를 잃지 않았다.
여기서 화내면 내가 지는 거라고 생각했다.
퇴근 후 집에 돌아오면
온몸이 쑤시고 손가락은 굳어 있었다.
침대에 누우면 손이 저려 잠을 이루기 힘들었다.
그럴 때마다 조용히 내 손을 바라봤다.
"그래도 이 손이 누군가를 웃게 해줬잖아."

그 말이 하루를 버티게 했다.

어느 날, 선배 디자이너가 내게 말했다.

"은혜야, 니가 참 희한해. 힘들 텐데 늘 웃네."

그 말은 내 인생에서 가장 큰 칭찬이었다.

나는 웃음을 포기하지 않았다.

그 웃음이 나를 살렸고, 손님을 붙잡았다.

어느 날 밤,

늦게까지 샴푸를 하다 샴푸통이 바닥에 떨어져

거품이 사방으로 튀었다.

허겁지겁 바닥을 닦고 있는데 선배가 소리를 질렀다.

"정신 좀 차려! 미용사가 이래서 되겠어?"

그 말 한마디에 가슴이 쿵 내려앉았다.

눈물이 쏟아졌지만

나는 아무 말 없이 수건을 들고 다시 바닥을 닦았다.

그날 밤, 샴푸실 구석에서 조용히 울었다.

하지만 다음 날,

다시 거울 앞에 섰다.

"이게 내 길이라면, 끝까지 가보자."

눈 밑은 부어 있었지만
미소만큼은 누구보다 환했다.
그때 깨달았다.
진짜 아름다움은 거울 속 얼굴이 아니라
그 사람의 마음속 빛에서 온다는 것을.
그 빛을 밝혀주는 일이 바로
내가 해야 할 '미용'이라는 것을.

그때의 나는 몰랐다.
그 고단하고 아픈 시간들이
나를 은혜로운 사람으로 만들어주고 있었다는 걸.

미용은 단지 기술이 아니라,
사람의 마음을 다듬는 일이었다.

누군가 내게 묻는다.
"은혜 님, 언제부터 미용이 좋았어요?"
나는 망설임 없이 대답한다.

"그때부터요.
힘들어도 웃을 수 있었던 그때부터,
이미 저는 미용사였어요."

끝까지 웃음을 버리지 않았던 그 시간이
나를 미용사로 만들었고,
결국 사람을 남게 했다는 것을.

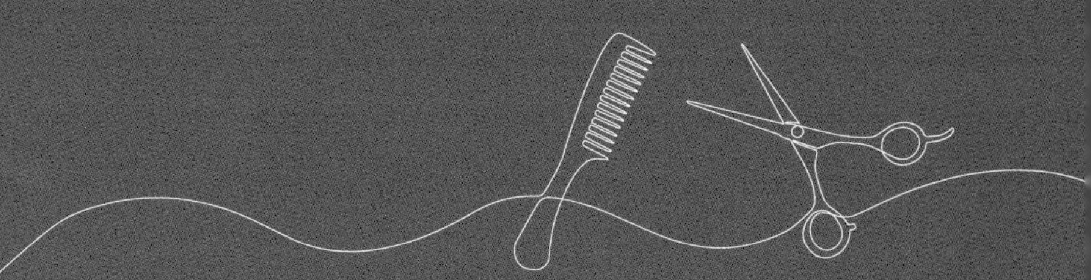

나만의 작은 대나무숲

사람에게는 누구나
마음을 내려놓을 수 있는 장소가 필요하다.
아무 말도 하지 않아도 되고,
아무 말이나 해도 되는 곳.
내게 그곳은 미용실이다.

사람들은 가끔 나에게 묻는다.
"원장님은 힘들 때 누구한테 얘기하세요?"
나는 잠시 웃고 넘기지만,
사실 잘 떠오르지 않는다.
나는 오래전부터
내 이야기를 쉽게 꺼내지 않는 사람이었다.
어릴 때부터 그랬다.
슬퍼도 참고,
힘들어도 버티는 게 먼저였다.
그래서일까.
내 마음을 쏟아낼 곳은

언제나 조용한 곳이었다.

미용실에서 손님들의 이야기를 들으며
나는 나도 모르게 숨을 고른다.
그들의 말을 들어주면서
내 마음도 같이 정리된다.
누군가는 남편 이야기를 하고,
누군가는 아이 이야기,
누군가는 말 못 할 하루를 내려놓고 간다.
나는 고개를 끄덕이고,
손을 움직이고,
"그럴 수 있죠"라는 말을 건넨다.
그 말은
사실 손님을 위한 말이면서
나 자신에게 하는 말이기도 하다.

이 공간에서는
누군가의 말이 새어 나가도
다시 돌아가지 않는다.
대나무숲처럼

그저 받아들이고,
흔들렸다가
다시 조용해진다.
그래서 나는 이곳을
나만의 대나무숲이라고 생각한다.
누군가의 비밀이 쌓이고,
누군가의 눈물이 스며들고,
누군가의 하루가
놓였다가 가는 곳.
그리고 그 속에서
나는 조금씩 숨을 쉰다.
참았던 마음을 정리하고,
내일을 다시 살아갈 힘을 얻는다.

말하지 않아도 괜찮은 곳이 있다는 것,
들리지 않아도 이해받는 공간이 있다는 것.

나에게 미용실은 그런 곳이다.
단지 머리를 자르는 공간이 아니라
마음을 잠시 내려놓는 숲.

그래서 나는
오늘도 이 대나무숲에 불을 켠다.
누군가에게도,
그리고 나 자신에게도
조용한 쉼이 되기를 바라면서.

나를 단단하게 만든 순간

하루가 늘 바쁘다 보니
나에게는 취미라는 게 없었다.
금전적으로도, 시간적으로도
여유를 내어 취미를 즐기는 사람들이
부러울 때가 많았다.

몸이 좋지 않아지면서
러닝과 등산을 시작했고,
독서 모임에 참여하며
글을 쓰기 시작했다.

그렇게 어느 순간,
이 모든 것이 나의 취미가 되었다는 걸
뒤늦게 깨달았다.
그때 알았다.
내가 나 자신을 먼저
사랑해 주어야 한다는 것,

내 시간을 나에게 내어주어야
마음에도 여유가 생긴다는 것을.

어릴 때부터
돈을 모으고 통장을 하나씩 만들어
차곡차곡 쌓아가는 걸 좋아했다.
통장이 하나씩 늘어
열 개가 되었을 때,
나는 작은 성취감을 느꼈다.
그 작은 성취들이 쌓여
나를 단단하게 만들어주었다.

하고 싶은 일들은
다이어리에 적어 두었다.
간절한 마음으로 하나씩 적어 내려가다 보니
작은 목표들이 모여
언젠가 내게 큰 힘으로 돌아왔던 것 같다.
나에게는 늘 메모하는 습관이 있었지만
오랜 시간 일하다 보니
마음 한켠에는

불안과 허전함이 자리하고 있었다.
좋은 기회로 독서 모임에 참여해
책을 읽고 글을 쓰기 시작했고,
책을 한 번 써보라는
권유도 받았다.
글을 쓰며
나의 불안과 허전함을
조금씩 채워 나갔다.

몇 달이 지나
고객님께
"얼굴이 밝아 보인다"는 말을 들었을 때,
나는 내가 변하고 있다는 걸 느꼈다.
마음이 밝아지니
나 또한 선한 영향을 받고 있었다.

글을 쓰며
생각과 언어가 달라지자
고객님들께서도
"원장님이 밝고 친절해서

기분이 좋아진다"는
리뷰를 남겨주셨다.
그 말에 나 역시 행복해졌다.

모든 일은 마음먹기에 달려 있다고 믿는다.
힘들고 고단한 시간 속에서도
오늘 하루를 묵묵히 살아내고 있는 모든 분들께,
어려워도 꾸준히, 천천히 걸어가다 보면
언젠가는 분명 달라진 순간을 만나게 된다고
말해주고 싶다.

오늘 하루도
잘 버텼다고.

살아내느라
정말 수고 많았다.

당신의 하루에
작은 행복이
머물기를 바란다.

나를 돌보는 일이
사치가 아니라
살아가기 위한
기본이라는 걸
그제야 알았다.

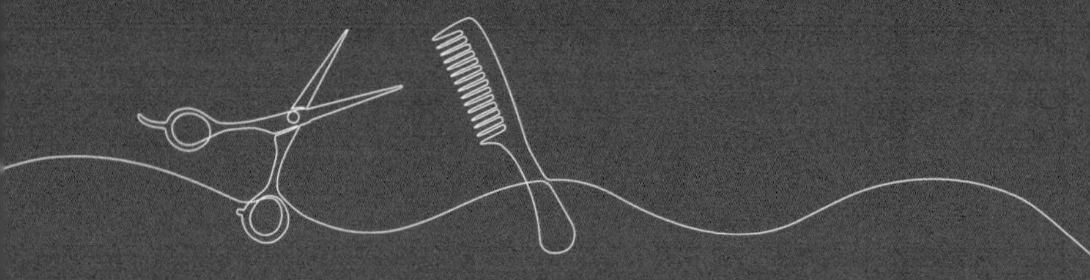

내가 나를 아끼는 마음이
결국 나를 가장 빛나게 만든다는 것.

2부

오늘을 살아낸 당신에게

나를 사랑하기로 한 날

12월 중순이다.

날씨가 조금 쌀쌀해지기 시작했다.

아침에 조금 일찍 출근해

히터를 틀고, 컴퓨터를 켜고, 음악을 켠다.

일리 커피를 내려 마시며

오늘 하루 고객님의 예약 창을 연다.

커피 냄새가 은은하게

코끝을 스치고 지나간다.

오랜만에

미용을 하던 선배님께 전화를 걸었다.

내가 미용을 하던 20대에

많은 조언을 해주셨던 분,

늘 밝고 다정했던 선배님이다.

항상 주변 사람들에게

해피 바이러스 같았던 분.

“원장님, 잘 지내시죠?”
“그래, 은혜야. 잘 지내니? 미용실은 바쁘니?”
“네, 원장님. 혼자 하면서 바쁘게 지내고 있어요.
원장님은요?”

그런데
목소리가…
예전 같지 않았다.

“무슨 일 있어요?”
“응, 나 입원했어.”

그렇게 밝고 성격 좋던 원장님인데,
앞에서는 늘 괜찮아 보였던 그분도
정작 자기 자신은
돌보지 못하고 계셨던 것 같아서.
오전 내내
많은 생각이 머릿속을 맴돌았다.
미용을 하신 지
30년이 넘었는데도

그 마음속에는
아직 꺼내지 못한 이야기들이
그렇게나 많이 남아 있었던 것이다.
나는 위로해 드리고 싶었다.
그러기 위해서
내가 더 글을 써서라도
위로해 드려야겠다고
그렇게 마음먹었다.

작년,
몸이 좋지 않았음에도
일을 쉬지 않고 이어가던 어느 날,
문득 이런 생각이 들었다.

'나는 모두에게 맞춰주면서
정작 나 자신에게는
너무 가혹한 사람이구나.'

그런 모습 안에
불안과 두려움이

함께 숨어 있었다는 것도

그때 비로소 알게 되었다.

그래서

내 삶을 다시 돌아보게 되었다.

많은 미용인들은

모든 사람에게 다정해야 한다고 배운다.

그래야 살아남을 수 있다고 믿어왔으니까.

하지만

보여지는 모습이

전부는 아니다.

사람마다

좋지 않은 기억을 오래 붙잡는 사람이 있고,

금세 잊어버리는 사람도 있다.

늘 불안 속에 사는 사람도 있다.

어쩌면 우리는

그 모든 감정을 숨긴 채

가면을 쓰고 살아가고 있는지도 모른다.

나 역시
그렇게 버티며 살아왔다.
그러다 보니
어느 순간
내가 사라지는 것 같았다.

내가 나를 온전히 사랑해야
비로소
나를 받아들일 수 있다는 걸
그때 알았다.
타인의 시선에서 벗어나
내가 나를 사랑하기로 한 순간,
모든 것이
조금씩 변하기 시작했다.

내 마음을 알아본 순간

나는 늘 텐션이 좋은 미용사다.
하루를 시작할 때도,
고객을 만날 때도
기분이 어두워 보인 적은 거의 없다.
그런데 그날,
그녀가 처음으로 나에게 물었다.
"원장님, 오늘 표정이 조금 어두워 보이세요.
무슨 일 있으신가요?"

처음이었다.
누군가 나의 얼굴을 그렇게 자세히 바라보고
마음을 묻는 건.

사실 내 몸에는 열이 나고 있었다.
컨디션이 좋지 않았지만
늘 그렇듯, 아무렇지 않은 얼굴을 하고 있었다.
그녀의 질문에 나는 이렇게 대답했다.

"사람이 매일 기분이 좋을 수는 없죠."

맞는 말이다.
우리는 기계가 아니니까.
늘 웃고, 늘 괜찮을 수는 없다.
그런데도 그날은
그 질문 하나가
내 마음을 오래 붙잡았다.

고객님이
내 마음을 조금이나마 헤아려 주셨다는 사실이
너무 고마웠다.

머리를 조금씩 다듬으며
조용히 대화를 이어 나갔다.
그날의 시술은
유난히 천천히,
그리고 더 따뜻하게 흘러갔다.

따뜻했던 그 미용실

어느 날 아침,
단골 고객님 한 분이
비닐봉지를 꼭 쥐고 들어오셨다.

"원장님, 이거 집에서 담근 김치예요."

나는 손사래를 쳤다.

"아이고, 이런 걸 뭘 또 가져오세요."

그런데 고객님은 이미 카운터 위에
김치 봉지를 내려놓고 계셨다.

"집에 김치가 잘 됐는데
원장님 얼굴이 먼저 떠올랐어요."

그 말에

괜히 마음이 먼저 풀렸다.

점심시간이 조금 지나
손님이 잠시 없는 틈에 김치를 꺼냈다.
미용실 안에 익숙한 김치 냄새가 퍼졌다.

"미용실에서 김치 먹어도 되죠?"

고객님이 웃으며 물었다.

"그럼요."

나도 웃으며 대답했다.

작은 테이블에
김치 접시를 올려두고
둘이서 나란히 앉아
도란도란 김치를 나눠 먹었다.
머리 이야기,
동네 이야기,

요즘 사는 이야기.
특별한 말은 없었지만
그 시간이 참 따뜻했다.

그날의 미용실은
머리카락 냄새보다
김치 냄새가 더 진하게 남았다.

문득 생각했다.
이곳이 그저 머리만 하는 공간이었다면
이런 순간은 없었겠구나, 하고.

김치를 나눠 먹는다는 건
그 사람의 식탁을
잠시 함께 쓰는 일이라는 걸
그날 알았다.

미용실이라는 이름의 공간에서
우리는
잠깐 가족처럼 앉아 있었다.

다시 찾아와 준 날

나이가 한 예순쯤 되어 보이는 분이 들어오셨다.
인상이 참 좋으셨고,
어머니 같은 느낌을 주는 분이었다.
볼수록 편안하고,
볼수록 인자하신 분.
나는 그런 고객분이 참 좋다.

그날, 우리는 머리를 하며
사람에 관한 이야기를 했다.
나는 사람에게 잘해주다가
상처받았던 순간들을
조심스럽게 꺼냈고,
그분은 자신의 이야기를 덧붙여
나에게 조용한 충고를 건넸다.

나는 그때,
나에게 상처를 준 사람에게도

고맙다는 마음이 들었다.
덕분에 더 빨리 깨달을 수 있었고,
그래서 앞으로는
더 좋은 사람들을 만날 수 있을 것 같았기 때문이다.

서로 말은 많지 않았지만,
그 시간만큼은
내 마음도 혼자가 아니었다.

그날의 파마는
앞머리만 말아드렸고
커트비만 받았다.
그저 그 시간이 좋았고,
그 마음이 이어지길 바랐을 뿐이었다.

며칠 뒤,
그녀는 붕어빵을 들고 가게에 왔다.
"그날 이야기, 고마웠어요."
짧은 한마디와 함께.

붕어빵을 바라보다가
나는 알았다.
사람에게 잘해주는 일은
때로는 상처로 돌아오기도 하지만,
이렇게 예상치 못한 온기로
다시 돌아오기도 한다는 것을.

이 일을 하며 내가 받는 가장 큰 보상은
돈도, 기술도 아니라
사람과 사람 사이에
조용히 오가는 이 마음이라는 걸
다시 한번 배웠다.

사람에게 건넨 마음은

언젠가

다른 온도로

다시 돌아온다.

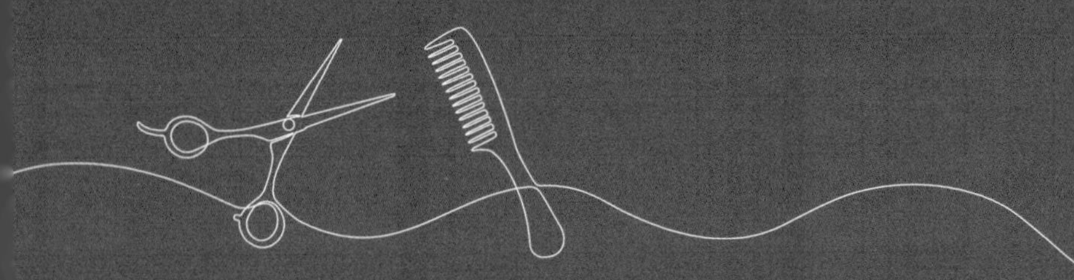

Q. 완전히 일을 내려놓는 시간이 있나요?

이제는 있습니다.

예전에는 쉬어도 쉬는 게 아니었습니다.
마음은 늘 일터에 있었으니까요.

지금은 일부러 멈춥니다.
그리고 달립니다.

달리면서 깨달았습니다.

강한 사람은 계속 버티는 사람이 아니라,
필요할 때 멈출 줄 아는 사람이라는 것을.

저는 이제
저를 지키는 쪽으로 살고 싶습니다.
그래야 오래 갈 수 있다는 걸 알게 되었습니다.

머리를 하며 마음을 나누다

오늘은 아침부터 설레는 기분으로 출근했다.
추운 날씨라 히터를 켜고 음악을 튼 뒤,
아무도 없는 텅 빈 미용실에 혼자 앉아 생각했다.

오늘은 어떤 고객님이 오실까.
오늘도 무사히, 기분 좋은 일로 하루를 보낼 수 있을까.

매직기 전원을 켜고 열이 오르기를 기다리며
의자 앞 거울을 보며 내 머리도 스타일링한다.
어떤 날은 웨이브로,
기분에 따라 오전마다 조금씩 다르게.

오늘은 열 분의 고객님이 오신다.
모두 10년이 넘은 인연들이다.

오전 10시, 첫 고객님이 오셨다.
60대 후반의 고객님.

나는 웃으며 문 앞까지 나가 직접 문을 열어드린다.
내가 좋으면, 그냥 그렇게 한다.
고객님은 미소 지으며 나를 반겨주신다.
꼭 가족 같은 분이다.
나는 그분을 '언니'라고 부른다.
그게 편하고, 좋다.

"언니, 잘 지내셨어요?
날씨 많이 춥죠?"

나는 늘 머리 이야기보다
마음 이야기를 먼저 나눈 뒤 시술에 들어간다.
고객님은 웃으며 좋아해 주신다.
그 미소를 보면
오늘 하루도 괜찮겠다는 예감이 든다.

"언니, 커트 먼저 해드릴게요."

어떻게 잘라달라는 말은 없으시다.
15년을 함께한 고객이라

내가 알아서 예쁘게 해드린다.
아마 이런 편안함 때문에
계속 찾아주시는 걸지도 모른다.

손주 이야기를 나누는 동안
염색약 1제와 2제를 섞어
머리를 섹션으로 나누고
한 단, 한 단 꼼꼼히 약을 바른다.
두피 보호제를 바르고
늘 같은 질문을 드린다.

"따가운 데는 없으세요?"

그 한마디에 고객님의 마음이 놓인다.
조금 더 신경 써드린다는 느낌도 전해진다.
사람들은
말이 너무 많으면 부담스러워 하고,
너무 꼼꼼하면 오래 걸린다고 하고,
너무 빠르면 대충한다고 느낀다.
정답은 없지만

나는 이야기를 들어주면서
가능한 한 빠르게 하는 쪽을 택한다.
그래야 다음 고객님도 만날 수 있으니까.
랩으로 머리를 감싸고
열처리를 하는 동안
이야기는 계속 이어진다.

언니는 무릎이 좋지 않다고 하신다.
평생 아이들 키우며 고생하신 이야기,
딸에 대한 서운함.

"아이들에게 너무 잘해주지 말고
적당히 하며 살아.
너 자신에게 잘하고,
네가 하고 싶은 거 하며 살아."

딸 키워봐야 소용없다는 말,
자식 앞에서도 부모가 능력이 있어야
늙어서도 당당하다는 말.
내 눈가에는 눈물이 맺힌다.

다 이해할 수는 없지만
그 마음이 너무 슬퍼 보였다.
나 자신도 돌아보게 됐다.

어쩌면 어른들이 바라는 건
크고 거창한 것이 아니라
편지 한 장,
작은 위로의 한마디 아닐까.
안쓰러운 마음으로
한참 더 이야기를 들어드렸다.
우리 가게에 오시면
서로가 서로에게 위로를 받는다.

염색을 마치고
샴푸 할 시간이다.
말은 없으시지만
표정이 모든 걸 말해준다.
나는 그 표정을
마음 깊이 들여다본다.
이제는 표정만 봐도

어떤 감정인지 알 수 있다.
머리를 말리고
예쁘게 스타일링한 뒤
내가 먼저 말한다.

"오늘도 고생 많으셨어요."

그 말에
고객님은 늘 더 고마워하신다.
결제는 4만 원.
주머니에서 꺼내 건네주신 그 돈이
나에게는 늘 귀하다.
누군가 지갑에서 꺼낸 돈을
나에게 건넨다는 것.
그건 정말 값진 일이다.
그래서 나는
매 순간 감사하다.

집에 가실 때는
문 앞까지 나가 인사드린다.

"언니, 조심히 가세요.
날씨 추우니까 감기 조심하시고요."

미리 주문해 두셨던
트리트먼트도 함께 챙겨드린다.

언니의 표정에 미소가 가득 번진다.
그 모습을 보며
내 마음도 한결 가벼워진다.

잠시였지만
나로 인해
조금이라도 행복했으면 좋겠다.
진심으로.

p. s.
나는 열일곱 살 때부터 지금까지
사람을
어떤 옷을 입었는지,
어떤 차를 타는지로

대한 적이 없다.
사실, 관심도 없다.

사람은
그 자체로 귀하고
존중받아야 한다고 믿기 때문이다.
나 자신에게도 그렇게 대하고,
모든 사람이
스스로를 소중히 여기며
살았으면 좋겠다.

잘 산다는 것은
잘 버는 것이 아니라
생각하고,
사유하며 사는 것이다.

오늘 하루도
나의 예쁜 손에게 말해준다.

"오늘도 고생했어, 내 손."

손끝으로 전한 크리스마스

징글벨, 징글벨.
스피커에서는 캐럴 소리가 울리고,
오늘은 크리스마스다.
크리스마스 오후,
마지막 고객님을 기다리고 있었다.
그분은 많이 지쳐 보이셨다.
자영업을 하시는 분이다.
'잘 지내셨어요?'
묻고 싶었지만
그냥 눈으로 조용히 인사를 나눴다.

나는 오늘
고객님의 머리를 감겨드리며
이런 생각을 했다.
오늘 하루,
이분도 아마
힘들게 일하며 버텨왔겠지.

말하지 않았을 뿐,
이분 역시 많이 애쓰셨을 거라고.
그래서 샴푸실의 물 온도를
평소보다 조금 더 따뜻하게 맞췄다.
손끝에 닿는 물의 온도가
오늘 하루를 버텨낸 몸과 마음에
조금이나마 위로가 되기를 바라면서.
샴푸 거품 사이로
내 손끝의 온기가
말없이 전해지기를 바랐다.
괜찮다고.
지금 이 순간만큼은
아무것도 하지 않아도 된다고.
머리를 감기는
이 짧은 시간 동안만이라도
숨을 고르고,
어깨에 힘을 풀고,
하루의 무게를
잠시 내려놓을 수 있기를.
그리고 나는

나에게도 조용히 속삭였다.
괜찮아,
오늘도 잘하고 있어.
누군가의 하루를
이렇게 다정하게 어루만질 수 있다면
그걸로 충분하다고.

오늘 이 시간이
고객님에게는
아무도 모르게 건네받은
작은 쉼이 되기를,

그리고 이 하루가 끝날 즈음
'오늘, 조금은 괜찮았다'고
기억될 수 있기를 바라며

나는 다시
조심스럽게 손을 움직였다.

함께 나이 들어가는 시간

오늘은 오전 고객님이 오셨다.

컴퓨터 프로그램 예약표를 보며

오전 일정을 확인한다.

10시 매직펌,

10시 30분 염색,

11시 컷,

11시 30분 컷,

12시 컷.

나는 오전 고객만 해도

혼자서 다섯 분 정도는 충분히 가능하다.

여느 때와 다름없이

설레는 마음으로 출근한다.

고객 한 분, 한 분께

행복을 드린다고 생각하면서.

문을 열고 들어와

수건을 개고, 거울을 닦고, 약장을 정리한다.
커피를 준비하고
나도 아메리카노 한 잔을 내려 마신다.

고객님이 오시면
수기로 상담 차트를 적어두거나
작게라도 메모를 해둔다.
고객님과 나눈 대화, 시술 내역을
다음 방문 때 꼭 기억해 드리기 위해서다.
그러면 고객님께서
더 신뢰해 주시는 것 같다.
고객님의 모질과 손상도, 두피 상태,
이전 시술 내역과 스타일 상담,
집에 가서서의 사후 관리법까지
꼼꼼히 체크하는 편이다.

피부색을 살펴
퍼스널 컬러도 추천해 드린다.
퍼스널 스타일과
요즘 트렌드 스타일 사진도 보여드리고,

핫한 레이어드 컷이나
가수 화사의 머리처럼
원하시는 이미지도 제안한다.
고객님이 들어오시는 순간
표정, 머리, 의상, 스타일,
평소 손질 습관과 태도만 보아도
이제는 어떤 스타일을 좋아하시는지
자연스럽게 알게 된다.
디자이너에게는
고객님의 취향과 퍼스널 컬러,
그리고 전문성이 모두 중요하다.

우리 매장은
20대, 30대, 40대 고객님들이 가장 많다.

20대 분들과는
여행, 책, 카페, 맛집, OTT, 유튜브 이야기로
자연스럽게 공감한다.
30대 고객님들과는
여행과 가족, 아기 이야기,

결혼과 임신 등
삶의 변화를 함께 나눈다.

40대 분들은
초등학생, 중학생, 고등학생 자녀 이야기,
그리고 부동산 이야기를 많이 하신다.

50대 분들은
대학생 자녀 이야기와 취업 걱정을 나누고,

60대 분들은
자녀 결혼, 며느리와 사위 이야기가 많다.

70대 분들은
조금 더 외로워 보이신다.
그래서 더 오래,
더 따뜻하게 머물다 가셨으면 하는
마음이 든다.

아기들부터 10대 학생들까지,

나는 나이별로 다양한 머리를 소화하며

매일 다른 작업과 다른 사람들을 만난다.

머리를 하며 이야기를 나누고,

삶의 시간을 함께 건넌다.

고객님들과 나는

함께 걸어가고 있다고 생각한다.

어린아이가 다 큰 성인이 되어도

다시 찾아와 주시니까.

같은 길 위에서

다양한 연령대의 머리를 해드릴 수 있다는 건

고객님과 나 사이의

하나의 약속 같기도 하다.

앞으로의 삶도

함께 걸어가고 싶다.

그 나이에 맞는 스타일을 제안해 드리며,

내가 해드린 머리로

일흔이 되어서도

계속 나에게 머리를 맡겨주실 수 있도록.

이야기가 있는,

나만의 해우소 같은 곳에서
같이 웃고, 같이 울고,
마음까지 나눌 수 있는
작은 쉼터가 되었으면 한다.

이곳에서는
머리만 자라지 않는다.
말이 쌓이고,
시간이 쌓이고,
관계가 쌓인다.
나는 오늘도
머리를 하며
사람을 기억한다.

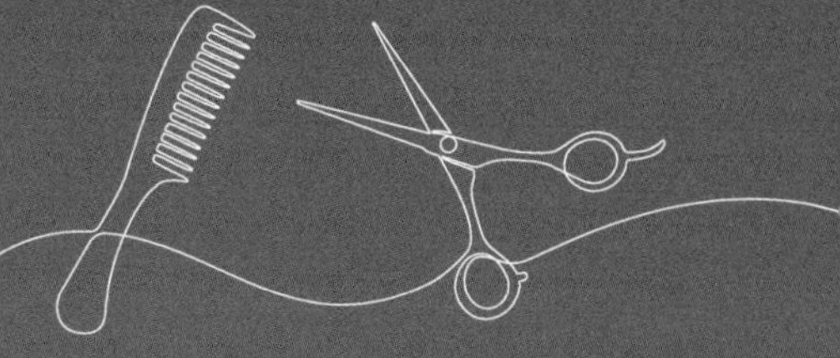

늦은 밤, 조용한 순간

휴일 아침인데도

나는 숨 돌릴 틈 없이 움직인다.

커트 한 명, 염색 한 명, 파마 한 명.

미용실 바닥에는

쓸어도 쓸어도 머리카락이 한 가닥씩 남아 있다.

염색약 냄새가 진하게 밴 약장실 구석.

나는 곳에 앉아 밥을 먹는다.

집에서 싸 온 밥과 반찬, 국.

따뜻할 때 먹어야 하는데

그럴 여유는 없다.

오늘은 밥을 먹을 수 있을까.

아니면 또 넘길까.

이건 매번 도박 같다.

다음 고객님 오시기까지 남은 시간, 스무 분.

나는 머릿속으로 계산한다.

바닥을 먼저 쓸까.
아니면 밥을 먼저 먹을까.

머리카락을 안 쓸면
손님 눈에 먼저 들어올 것 같고,
밥을 안 먹으면
내 속이 먼저 탈 것 같다.

그러다 결국
컵라면을 올려둔다.
젓가락을 들고 한두 입 먹다 보면
또 호출이다.
라면은 그대로 불어버리고
나는 다시 손님 앞으로 나간다.

잠깐 돌아와 보니
면은 퍼지고 국물은 탁하다.
그래도 먹는다.

불어버린 라면을
꾸역꾸역 삼킨다.
이게 오늘 내가 먹는 밥이다.

양치는 딱 1분.
치약 거품을 대충 헹구고
거울을 한 번 본 뒤
다시 매장으로 나간다.

그래서 미용사들은
위장약을 가방에 넣고 다닌다.
제때 먹지 못한 속을
약으로 달래며
하루를 버티기 때문이다.

오늘도 나는
머리카락과 밥 사이에서
밥을 미루고
일을 선택했다.

이렇게 또
하루가 지나간다.

저에게 '오늘'이란 거창한 성취가 아닙니다.

무너지지 않은 하루입니다.

문을 열고,

사람을 만나고,

손을 움직이고,

집으로 돌아오는 일.

그 반복이 저를 여기까지 데려왔습니다.

예전에는 더 잘하고 싶었고,

지금은 덜 흔들리고 싶습니다.

요즘은

작은 평온이 큰 기쁨입니다.

그래서 쓰게 된 이야기

'작가가 되어야지' 하고 마음먹은 순간,
나는 미용사에 관한 책들을 많이 찾아 읽었다.

하지만 현장의 이야기를
그대로 들려주는 책은 거의 없었다.
대부분은 강사분들이나
이미 이름이 알려진 분들의 이야기였고,
조금은 예쁘게 포장된 글들이었다.
기술서에 가까운 책들도 많았다.

왜 없을까, 생각해 보았다.
그리고 답은 하나였다.

내일 하루도 버텨야 하니까.
피곤하고, 지치고, 힘드니까.

그래서 이 책을 쓰고 싶어졌다.

지금도 현장에서 버티고 있는 미용인들에게
"지금도 충분히 잘하고 있다"고
말해주고 싶었다.

이제 막 미용을 배우기 시작한 학생들에게도,
스텝에게도,
원장님과 디자이너분들에게도.

혼자 너무 걱정하지 말라고,
너무 애쓰지 말라고,
지치면 잠시 쉬어가도 괜찮다고
말해주고 싶었다.

이 책이
잠시라도 마음이 쉬어갈 수 있는
그런 공간이 되었으면 했다.

가끔 그런 날이 있다.
아무 말도 하기 싫은 날,
괜히 마음이 가라앉는 날,

조용히 혼자 있고 싶은 날.

그런 날 이 책을 펼치며
이렇게 생각해 봤으면 좋겠다.

고객도 물론 소중하지만,
내가 나를 더 사랑하고 안아줄수록
고객도 나를 더 좋아해 준다는 것.

내가 나를 아끼는 마음이
결국 나를 가장 빛나게 만든다는 것.

내가 매력적인 사람이 되면
고객은
자연스럽게 따라온다는 것.

나는 책을 읽고,
글을 쓰면서
그 사실을 알게 되었다.

그래서

나는 이 이야기를 쓴다.

지나온 날들 속에서

초보 디자이너 시절,
나는 늘 다른 디자이너들과 경쟁 속에 있었다.

그 무렵 어느 날,
클레임 고객님의 전화가 걸려왔다.

"안녕하세요, 안은혜 디자이너이신가요?"
"네, 고객님."
"머리를 했는데 펌이 풀린 것 같아요."

나는 잠시 숨을 고르고,
최대한 침착하게 말했다.

"죄송합니다, 고객님.
혹시 괜찮으시다면 시간 되실 때
매장으로 한번 방문해 주실 수 있을까요?"

아침부터 클레임 고객님이 오시는 날이면
그날 하루가 유난히 길게 느껴지곤 했다.

그런 날 있잖아요.
이런 일도 있고, 저런 일도 있는 날.

나는 스스로에게 그렇게 말하며
마음을 다독이고
하루하루를 버텨냈다.

고객님은 나를 믿고
다시 매장을 찾아와 주셨다.
그래서 더 책임감이 들었다.
사명감 같은 것이었다.

'이번에는 꼭,
다시 예쁘게 해드려야 한다.'

그렇게 이런 날과 저런 날을 겪으며
시간이 쌓였다.

조금 더 꼼꼼하게,
조금 더 정성 들여 시술하게 되었고
클레임은 서서히 줄어들기 시작했다.

완벽할 수는 없지만
매일을 버티며
내 마음을 다독이다 보니
나는 어느새
조금씩 실력 있는 디자이너가 되어가고 있었다.

미용실은
완벽한 사람만 남는 곳이 아니라
포기하지 않은 사람이 남는 곳이었다.

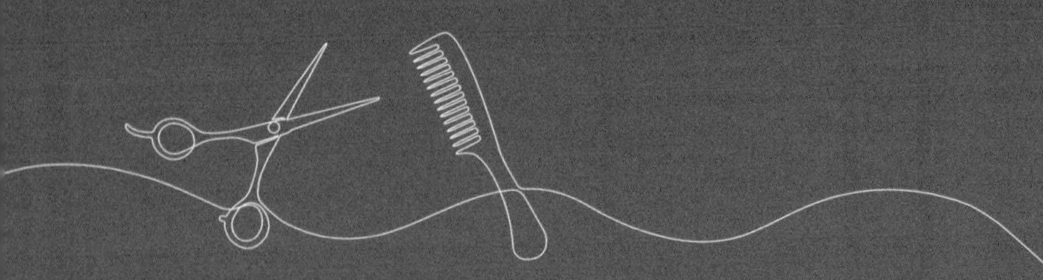

아이의 머리를 자르며

학생 고객님과 어머님이 함께 들어오신다.
어머님은 늘 뒤에서 조용히 서서
아이의 모습을 지켜보신다.

나는 학생의 머리를 자르며
자연스럽게 어머님과 이야기를 나눈다.
그럴 때마다 이런 생각이 든다.
미용은, 어쩌면 여러 가지를 동시에
해내야 하는 일인지도 모른다.

머리를 하면서
이야기도 하고, 설명도 하고,
공감까지 건네야 한다.
그래서 미용사는 늘
여러 역할을 동시에 해낸다.

초등학생, 중학생, 고등학생.

나는 학생들에게도
언제나 다정하게 말을 건다.
아이들과 나누는 대화가
유난히 즐거울 때가 많다.

"머리 어떻게 도와드릴까요?"

그 한마디에
아이들은 피식, 미소를 짓는다.
그 해맑은 웃음이
참 예쁘다.

우리 매장은
아이들 고객님을 많이 생각한다.
아이들 가운, 아이들 보는 책,
아이들이 좋아하는 간식과 TV까지.
작은 준비들이 모여
부모님들의 마음도 편안해진다.

아이들 머리는

작은 변화에도
마음이 크게 움직인다.
그 만족을 선물할 수 있어서
나는 늘 다행이라고 생각한다.

앞으로도
원하시는 스타일을 충분히 나누고,
편하고 믿을 수 있는 시간으로
남고 싶다.

아이들이 다 큰 어른이 되어서도
문득 이렇게 떠올릴 수 있도록.

그때,
그 사람 참 다정했지.

연습이 나를 여기까지 데려왔다

처음 컷을 배울 때,
나는 봉사활동을 열심히 다녔다.

오늘도 가발을 세우고,
가발을 들고
파마 말고 컷 연습을 하는 미용사들처럼
텅 빈 미용실에 혼자 남아
가발에 가위를 대며 연습했다.

혼자 교육도 많이 받으러 다녔고,
기술서도 사서 여러 번 읽었다.
그땐 유튜브가 없던 시절이라
미용을 배우는 데 한계가 있었다.
미용실 원장님들이
모든 걸 자세히 가르쳐주지도 않던 때였다.

오래 옆에 있으면서

눈으로 배우고,
가발에 연습하는 것만이
내가 살아남는 길이었다.

지금은 교육도 많고
배울 수 있는 길도 참 많아졌다.
그 시절엔
친구들 머리, 가족들 머리로 연습했고
가끔은 망해서 욕을 먹을 때도 있었다.

그래도
할머니, 할아버지 머리를 열심히 자르며
매주 찾아가 커트를 해드리던 그 시간들이
나에겐 참 의미 있는 일이었다.

누군가의 하루가
내 손으로 조금이라도 행복해질 수 있다는 것.
그 사실이
나를 계속 움직이게 했다.

긴 머리 커트도 어려웠고,
남자 머리는 더 어려웠다.
특히 스포츠 상고머리는
잘못 자르면 바로 표시가 나서
티가 확 났다.

그래서 나는
연습하고, 또 연습했다.
계속 연습하는 것만이
내 살길이었다.

언젠가는
인정받는, 실력 있는 디자이너가 되리라
믿으면서.

실수하고,
혼나고,
슬퍼질 때도 많았고
잘 안될 때도 많았지만
나는 포기하지 않았다.

가발만 해도
백 개는 잘라본 것 같다.
드라이도 해보고,
사진도 찍어 기록으로 남겼다.

그 하나하나의 기록,
매일의 모든 시간이
작은 성취감으로 쌓여
지금의 큰 기회로 돌아온 것 같다.

못해도 괜찮다.
해보려는 용기가
이미 대단한 것이다.

요즘은
남자 고객님들이 다운펌을 많이 하신다.
레이어드 컷, 볼륨 매직.
트렌드에 맞춰
배우고, 연습하고, 또 연습해야 한다.
계속 성장해야 한다.

세상은
절대로 속이지 않는다.

선한 태도와 성실함은
언젠가 반드시
큰 기회로 돌아온다는 것을
나는 이 일을 하며 배웠다.

재능은
타고나는 게 아니라
남아 있는 사람에게만
생긴다.

오늘도 연습한 사람은
결국
내일의 자리에 서게 된다.

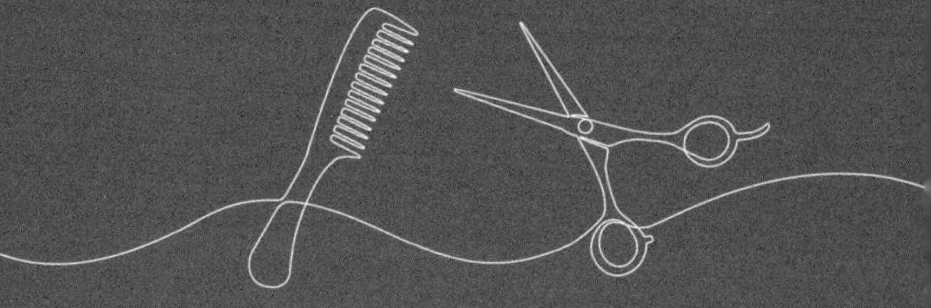

내 이름으로 된 계약서,
내 이름으로 세워질 간판,
그리고 내 이름이 불릴 공간.

'안은혜 헤어샵.'

3부

끝까지 남아준 당신에게

손으로 전한 마음

우리 동네에 유명한 빵집이 하나 있었다.
크리스마스라 케이크를 배달시켜 먹었는데,
그 빵집 사장님의 케이크는 늘 맛있었다.
정성이 들어가서인지,
그곳의 빵은 언제나 믿고 먹을 수 있었다.

그런데 그날, 케이크와 함께
손 글씨로 쓴 짧은 편지가 도착했다.

나는 그 손 편지에 깊이 감동했고,
그 기억은 지금까지도 마음에 남아 있다.
글씨 하나하나에서
'진심 어린 마음'이 전해진다는 걸
그때 처음 또렷하게 느꼈다.

그래서 나도 글을 쓸 때면
노트에 손 글씨로 편지를 써

누군가에게 선물하곤 한다.
진심은 손으로 쓸 때
더 오래 남는다고 믿기 때문이다.

이런 진심들은
쉽게 사라지지 않을 거라고 생각한다.
내가 아직도
빵집 사장님의 손 편지를 기억하듯이.

주변 사람들, 고객들, 가족들에게
손 편지 하나를 선물해 보는 건 어떨까.
나는 가끔 그런 생각을 한다.

진심은
언젠가, 반드시
전해지니까.

마음을 먼저 만나는 일

아침에 남자 고객님 한 분이 오셨다.
나는 먼저 이렇게 말을 건넨다.

"고객님, 오늘 제가 예쁘게 멋지게 해드릴게요."

그러면 고객님은
약간의 미소를 지으신다.
마음이 조금 풀리고,
기분도 한결 편안해지신다.

"앞에 가르마 펌 하고 싶어요."
고객님은 그렇게 말씀하신다.

"네, 고객님."

나는 시술에 들어가기 전
꼭 몇 가지를 확인한다.

고객님의 모질과 손상도,
이전 시술 내역,
그리고 두피 상태까지.
이 과정은 정말 중요하다.
두피 상태에 따라
시술 방법도 달라지기 때문이다.

매장에는 큰 화면 탭이 있다.
그 화면으로 시술 상담을 하고,
아이들 고객이 오면
넷플릭스도 틀어 드린다.
그러면 가족 단위 고객님들께서
유난히 좋아해 주신다.

별것 아닌 것 같지만
고객님들은 이런 작은 배려에
마음을 열어 주신다.
예쁜 말, 다정한 말,
가끔은 빵을 사서 함께 나누는 일.
진심으로 대하면

고객은 결국 다 느끼고
내 마음을 알아주신다.

상담할 때 나눈 이야기와
고객님이 원하시는 스타일을
하나로 맞추는 것이 중요하다.
그래야 고객님께 어울리면서도
진짜 원하는 결과를 만들어낼 수 있다.

사람마다
추구하는 아름다움은 모두 다르다.
그래서 나는
상담을 무엇보다 중요하게 생각한다.

상담이 충분하면
시술 후 결과도 훨씬 만족스럽고,
집에서의 손질 방법도
자연스럽게 설명해 드릴 수 있다.

이렇게

고객의 마음을 읽을 수 있는 미용사만이

오래 이 일을 할 수 있고,

미용이라는 직업을

끝까지 재미있게 이어갈 수 있다고

나는 생각한다.

20년 동안

나를 믿고 찾아주신 고객님들과의 만남 속에서

내가 지금까지

즐겁게 일할 수 있었던 게 아닐까,

문득 그런 생각을 해본다.

사랑을 만난다는 것

우리 매장에는
가족 고객이 많은 편이다.
어느 날은
엄마와 딸이 함께 시술을 받으러 오셨다.

딸은 늘 엄마에게 다정했다.

"엄마, 파마하고 염색하고
예쁘게 하고 다녀요."

그 말은
톤도, 표정도 참 곱고 따뜻했다.
나는 그 목소리를 들으며
괜히 마음이 편안해졌다.

나는 문득
엄마에게 늘 편하다는 이유로

툭툭 말하고,
대충 표현했던 내 모습을 떠올렸다.

딸은 말했다.
어릴 때부터
엄마 곁에 오래 살고 싶다고,
엄마에게 잘해 주고 싶다고
늘 마음에 품고 있었다고.

나는 그녀의 어머니를
조용히 바라보았다.
어머니는 오히려 딸에게
이렇게 말씀하셨다.

"우리 딸이 이렇게 해주니
너무 고맙다."

그 한마디가
딸의 등을 더 따뜻하게 안아 주는 것 같았다.

어쩌면 모든 관계는
표현에서 시작되는지도 모른다.
고객에게도,
가족에게도,
사랑은 말과 태도로 전해진다.

서로 오가는 관심과 표현이
관계를 오래 살게 한다.

어머니가 딸에게
사랑을 표현했기에
딸도 자연스럽게
그 다정함을 닮아간 건 아닐까.

서로를 안아 주고,
"잘하고 있어"라고 말해 주는 일.
그것이야말로
진짜 아끼고 사랑하는 방식이라는 걸
그날 다시 배웠다.

다정함은
배워서 하는 게 아니라

보며
닮아가는 것이었다.

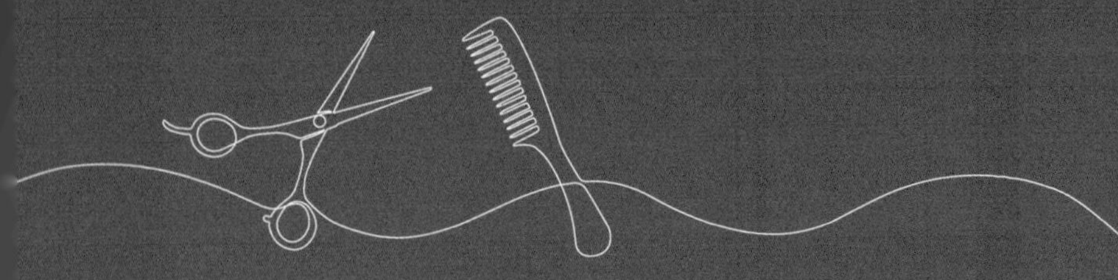

하루를 준비하는 시간

아침에 문을 열고 들어와
불을 켜고, 컴퓨터 앞에 앉는다.
음악을 설정하고
오늘의 카페 음악을 검색해
조용히 하루를 시작한다.

커피 한 잔을 내리고
따뜻한 커피 향을 마시며
오늘 고객님의 차트를 살펴본다.
수건도 차곡차곡 정리해 둔다.

고객님 오시기 전,
아무도 없는 샵에서 혼자
창문을 닦고, 거울을 닦고,
샴푸실과 의자도 닦는다.

빗자루로 매일매일 쓸어도

또 나오는 머리카락을 쓸며
나는 이런 생각을 한다.

나는 참
생각을 많이 하며 사는 사람인 것 같다고.

그 생각들이
맞을 수도, 아닐 수도 있지만
매일 반복되는 이 하루가
얼마나 소중한지에 대해서는
분명히 느끼고 있다고.

내가 애정하는 가위와 바리깡,
내가 아끼는 이 도구들로
사람을 행복하게 할 수 있다는 것.
그게 나에게는
참 의미 있는 일이라는 걸
오늘도 다시 생각해 본다.

오늘 하루만으로는

아무것도 아닌 것 같다가도
이 하루들이 쌓여
언젠가는 더 큰 의미로 돌아온다는 걸.

하루에도 여러 고객을 만나지만
내 손에 쥔 가위와 바리깡이
누군가의 입가에
함박웃음을 지을 수 있게 하는 일은
여전히 소중하고 귀하다.

매일이 힘들고 지치지만
버텨야 했던 나의 날들 또한
의미 없지 않았다는 걸
나는 이제 조금 알 것 같다.

Q. 하루를 마무리하는 순간 가장 많이 하는 생각은? 오늘이 10년 후의 나에게 어떤 순간으로 기억되길 바라나요?

하루를 마무리할 때 저는 종종 이런 생각을 합니다.

"오늘 나는 누구의 마음을 만났을까."

미용은 단지 머리를 자르는 일이 아니라,

사람의 하루를 만지는 일이라고 느낄 때가 많습니다.

그래서 어떤 날은 머리보다 말이 더 오래 남고,

손끝보다 눈빛이 더 오래 기억됩니다.

하루의 끝에는 늘 저 자신에게 묻습니다.

"오늘의 나는 나를 괜찮게 대해줬나?"

예전의 저는 '일을 얼마나 많이 했는가'만 체크했는데,

이제는 '내 마음이 얼마나 상했는가',

'내가 나를 얼마나 돌봤는가'를 함께 돌아봅니다.

10년 후의 '안은혜'에게

오늘이 기억되길 바라는 방식은 아주 분명합니다.

"그때의 나는 완벽하지 않았지만,

끝까지 포기하지 않고 내 삶을 살았다."

"남의 기준이 아니라 내 기준을 만들기 시작했다."

"나를 함부로 대하지 않기로 결심했다."

이렇게 기억되길 바랍니다.

나에게 돌아오는 시간

어느 날부터, 나는 달리기를 시작했다.

특별한 이유는 없었다.
누가 권한 것도 아니었고, 목표가 있었던 것도 아니었다.
다만, 마음을 내려놓을 곳이 필요했다.

하루 종일 사람들을 만나고,
밝은 얼굴로 손님을 보내고,
가게 문을 닫고 나면
비로소 혼자 남겨지는 시간이 찾아왔다.

그 시간 속에서,
나는 종종 내가 어디에 있는지 모를 때가 있었다.

나는 늘 앞으로 가야 하는 사람이라고 생각했다.
멈추면 안 되는 사람이라고 믿었다.
그래서 쉬는 법을 몰랐고,

나를 돌아보는 법도 몰랐다.

달리기를 시작한 것은,
어쩌면 멈추지 않기 위해서였는지도 모른다.

처음에는 숨이 가빴고,
다리가 무거웠다.
조금만 뛰어도 힘이 들어 멈춰 서고 싶었다.

하지만 이상하게도,
멈추고 싶을 때마다
조금만 더 가보고 싶다는 마음이 생겼다.

아무도 보지 않는 길 위에서,
아무에게도 설명할 필요 없이
나는 그저 나로 존재하고 있었다.

그 시간 동안,
나는 원장도 아니었고,
어떤 역할도 아닌,

그저 한 사람이었다.

그저, 나였다.

달리기는 앞으로 가는 일이 아니라,
나에게 돌아오는 일이었다.

그동안 나는
많은 시간을 책임 속에서 살아왔다.
누군가를 위해 서 있고,
내가 해야 할 몫을 다하며 살아왔다.

그것이 나의 삶이었고,
나는 그것을 받아들이며 살아왔다.

하지만 달리기를 하면서,
처음으로 나 자신을 만났다.

숨이 차오르고,
심장이 뛰고,

내 발걸음 소리만이 들리는 그 시간 속에서,

내가
잘 살아왔다는 생각이 들었다.

누구에게 인정받지 않아도,
누가 알아주지 않아도,

나는 나를 알고 있었다.

지금도 나는 달린다.

더 빨리 가기 위해서가 아니라,
어디에 도착하기 위해서가 아니라,

나를 잃지 않기 위해서.

그리고 다시,
나에게 돌아오기 위해서.

"달리기는 앞으로 가는 일이 아니라,
나에게 돌아오는 일이었다."

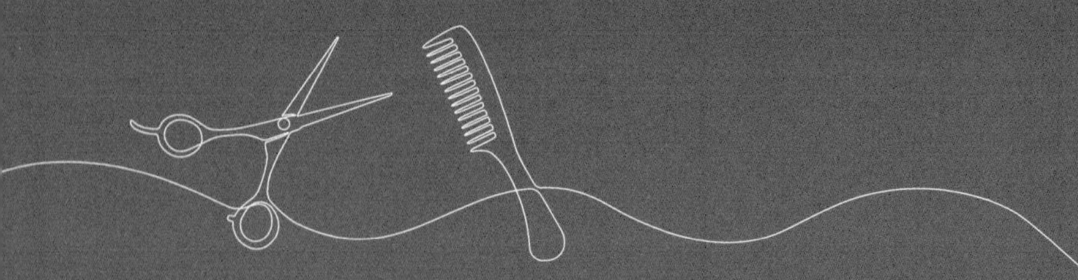

하루를 내려놓는 순간

일이 끝나면 컴퓨터 앞에 앉는다.
그리고 그날 다녀간 고객님들을
한 분, 한 분 다시 떠올린다.

어떤 시술을 했는지,
불편한 점은 없었는지.
짧은 메모 하나에도
그날의 얼굴과 목소리가 함께 떠오른다.
기록은 하루를 잊지 않기 위한
나만의 방식이다.

매출을 정리한 뒤에는
청소를 시작한다.
바닥에 흩어진 머리카락부터
의자와 거울,
손님이 가장 오래 머물렀던 자리까지
차례로 살핀다.

드라이기와 매직기 선을
가지런히 정리하고,
가위와 바리깡에 남아 있는
머리카락도 하나하나 털어낸다.

옷 사이사이에 박힌 머리카락을 털고,
손가락 사이에 끼어 있는 머리카락도 빼낸다.
하루 종일 가위를 쥐고 있던 손은 얼얼하고,
머리를 자르다
손에 작은 상처가 나기도 한다.
그 피마저도
오늘 하루를 열심히 살았다는
흔적처럼 느껴진다.

쓰레받이에 모은 머리카락을
봉투에 담아 버리고,
고객님이 마시다 남긴
커피 컵을 씻어 제자리에 둔다.
염색약과 소모품을 정리하고,
꾹꾹 눌러 묶은

쓰레기 봉투를 들고 나갔다 돌아와
마지막으로 바닥을
다시 한 번 닦는다.

그제야 미용실은
아무 일도 없었던 것처럼
조용해진다.

불을 하나씩 *끄고,*
오늘 하루를 마음속으로 정리한 뒤
조용히 문을 닫는다.

내일 다시 이 공간에서
또 다른 하루가 시작될 것을 알기에,
나는 늘
이렇게 하루를 마무리한다.

오늘도 사람을 만났다

퇴근 후,
모든 미용사는 지쳐 있다.

얼굴에 묻은 머리카락,
배가 고파도 참고 지나온 허기,
매출 마감을 하며 느끼는 하루의 뿌듯함과
하루 종일 고객이 없었을 때의 허무함까지.

그래도 바쁘게 일하고
고객이 많았던 날의 그 뿌듯함은
말로 다 할 수 없다.

매일 나는 마감을 하고
매장을 정리한 뒤
나가는 순간에도
다음 날 고객님의 예약표를 다시 한번 확인한다.
내일의 스케줄을 머릿속에 담고서야

비로소 퇴근한다.

그제야
하루를 모두 마쳤다는 안도감에
속으로 말한다.

"오늘도 해냈다."

그리고 조용히,
혼자서 미소를 짓는다.

매출이 매일 높지 않아도 괜찮다.
매출에 너무 연연하다 보면
오히려 고객이 줄어들 때가 많았던 것 같다.

디자이너로 큰 매장에서 일하던 시절,
매출 경쟁은 늘 치열했다.
그때는 고객님이
숫자로 보일 때도 있었다.

하지만 나는
돈을 생각하며 미용을 하고 싶지 않았다.
오래, 길게
한 분 한 분을 만족시켜 드리고 싶은 마음이
늘 더 컸다.

그렇게 일하다 보니
소개가 늘었고,
가족 고객도 자연스럽게 많아졌다.

내가 마음을 편히 먹고 일하자
오히려 재방문 고객도,
새로운 고객도 늘어났다.

한 분 한 분에게
진심으로 다가갔던 그 마음은
결국 나에게 돌아왔다.

그 마음은
매출이 아닌 신뢰로,

숫자가 아닌 사람으로
내 곁에 남았다.

그래서 오늘도 나는
가위를 내려놓고 불을 끄며
다시 한 번 마음속으로 말한다.

오늘도 해냈다.
그리고
사람은 남았다.

다시 나에게 돌아오는 밤

하루를 마무리하고 집에 돌아오면,
나는 또 다른 하루를 정리하는 일을 시작한다.

컴퓨터를 켜고
네이버 플레이스에 남겨주신
고객님의 리뷰를 하나씩 읽는다.
그 리뷰는 나에게 늘
편지처럼 느껴진다.

나는 그 편지에 답하듯
정성스럽게 댓글을 남기고,
다음 날 예약을 다시 한 번 확인한다.

그리고
내일 해야 할 일들,
주문해야 할 것들을 기록하며
오늘 있었던 시술들을

차분히 떠올린다.

모든 정리가 끝나면
잠시 책을 펼쳐
나 자신을 돌아본다.

바쁘게 흘러간 하루를
가만히 되짚으며
나는 다시
나를 나에게 돌려준다.

그리고
내일 만날 또 다른 고객,
또 다른 하루를 떠올리며
조용히 잠에 든다.

하루를 접고, 나에게 돌아오는 밤.

Q. 작가님은 어떤 순간에야말로 반드시 상장을 받아야 한다고 생각하시나요?

사람들은 보통 상장을 받는 순간을 "뭔가를 이룬 날"이라고 생각합니다.

하지만 제가 꼭 상장을 받아야 한다고 느끼는 순간은 오히려 반대입니다.

아무도 알아주지 않는 날,

버티는 것 말고는 할 수 없었던 날,

그리고 내가 스스로를 미워하게 될 뻔했던 날.

예를 들어, 누구도 칭찬해 주지 않지만 출근했고,

손님을 맞았고, 웃었고, 하루를 마쳤던 날.

그 하루가 얼마나 무겁고 길었는지는 나만 아는데도,

다음 날 또 문을 열었습니다.

그런 날들이 쌓여 지금의 제가 되었습니다.

저는 그런 시간에 상장이 필요하다고 생각합니다.

"멋진 성과를 낸 사람이어서가 아니라,

무너지지 않고 하루를 살아낸 사람이라서.

그래서 너는 상을 받을 자격이 있다."

내 이름으로 살아간다는 것

며칠 동안 잠이 잘 오지 않았다.

새로운 상가 계약을 앞두고 마음이 참 복잡했다.

'정말 잘할 수 있을까?'

'이게 내 마지막 도전이 되면 어떡하지?'

그런 생각들이 밤마다 찾아와 나를 괴롭혔다.

그리고 드디어 그날,

계약서 위에 내 이름을 적는 순간이 왔다.

'안은혜.'

짧은 세 글자였지만

그 글자를 쓰는 내 손이 조금 떨렸다.

열일곱 살,

샴푸실에서 수건을 개며

뒤에서 울던 소녀가

이제는 자신의 이름으로 상가를 계약하는
미용실 원장이 되었다.

그 순간, 눈물이 핑 돌았다.
누가 보면 그저 서명 하나였겠지만
나에게는 지난 스물다섯 해의 시간,
수많은 눈물과 버팀이 담긴 서명이었다.

그동안 일했던 모든 미용실,
그 안에서 흘린 땀과 억울함,
기쁨과 설움이
한꺼번에 떠올랐다.

"그래, 드디어 여기까지 왔구나."

그 말이
마음속 깊은 곳에서 조용히 울렸다.

새 상가의 열쇠를
처음 손에 쥐었을 때

묘한 전율이 일었다.

'이제 이 공간은 정말 내 공간이구나.'

내 이름으로 된 계약서,
내 이름으로 세워질 간판,
그리고 내 이름이 불릴 공간.

'안은혜 헤어샵.'

그 문자를 보는 순간
가슴이 벅차올라
눈물이 흘렀다.

이건 단지 공간을 얻은 게 아니라
내 인생을 새로 계약한 순간이었다.

그날 이후
나는 하루하루 가게를 채워갔다.
화이트 우드톤의 벽,

햇살이 부드럽게 스며드는 큰 거울,
커피 향이 퍼지는 작은 공간.

모두
내 손끝으로 만들어 가는
나의 세계였다.

처음 문을 열던 날,
햇살이 유리창을 타고 들어와
새 거울 위로 비쳤다.

그 빛이
내 얼굴을 감싸며
이렇게 말해주는 것 같았다.

"이제 진짜,
네 인생의 원장이 되었구나."

이곳은
단순히 머리를 자르는 곳이 아니다.

스물다섯 해의 시간,
수많은 고객의 이야기,
그리고 내 모든 진심이 담긴 공간이다.

"사장님, 오늘 머리 너무 마음에 들어요."
"힐링하고 갑니다."
"여기 오면 마음이 편해요."

그 리뷰를 볼 때마다
내가 만든 이 공간이
누군가의 쉼이 된다는 사실에
감사한 마음이 든다.

그리고 그게
내가 이 상가 계약을 결심했던
단 하나의 이유였다.

'누군가의 하루를
조금 더 따뜻하게 만들어 줄
내 공간을 갖고 싶다.'

이제 나는 안다.
진짜 성공은
돈이 아니라
내 이름으로
사람의 행복을 만들어 주는 일이라는 것을.

그래서 오늘도
불을 켜고,
수건을 개고,
커피를 내린다.

열일곱 살의 그날처럼.
하지만 이번에는
내 이름이 새겨진 문을 열며
이렇게 속삭인다.

"오늘도 수고하자, 안은혜."

그리고
내 손을 꼭 잡는다.

“이제야 진짜 나로 산다.”

오늘도 수고한 나의 손

1.

오전에는 커피를 내리며 하루를 연다.
고객님들이 오시기 전,
조용한 매장에서 글을 한 자 한 자 써 내려간다.

그럴 때마다 문득 이런 생각이 든다.
이 글을,
이 땅에서 묵묵히 일하고 있는
모든 미용사들에게 전해주고 싶다고.

처음 미용을 시작했을 때는
그저 고객 한 분, 한 분께
잘하자는 마음뿐이었다.
하지만 시간이 흐르며 알게 되었다.

너처럼, 나처럼,

각자의 자리에서
힘들게 버티고 있는 사람들이 있다는 것을.

그래서 이제는 말해주고 싶다.

"같이 힘내자."
"지금도 충분히 잘하고 있어."

2.

17살, 그 시절의 나는
지금과는 전혀 다른 세상 속에 있었다.

예약 시스템도 없던 시절,
손님들은 소파에 앉아
한 시간, 두 시간을 기다리는 게 당연했다.
홍보 수단이라곤 전단지가 전부였고,
손님이 오면 그저 순서대로 머리를 했다.

미용사들은 자주 밥을 굶었다.
손님들이 옆에서 수다를 나누는 동안
나는 핸드 마사지를 해드리고,
매니큐어를 발라드리고, 머리를 말렸다.

하루 열두 시간을 일하고도
받던 월급은 많지 않았다.
그래도 매일 출근했다.
그만둘 수 없었기 때문이다.

3.

존중받지 못한다고 느낄 때도 많았다.
몸은 늘 피곤했고,
어깨와 손은 쉽게 굳어갔다.

"네가 어떻게 디자이너가 되겠니?"

그 말을 들었던 날,

샴푸실 구석에서 조용히 울고
다시 손님 앞으로 나갔다.

버티는 법밖에 몰랐던 시절.
그게 내가 살아남는 방식이었다.

4.

이제는 안다.
그때의 나는
단지 돈을 벌기 위해 일한 게 아니었다.

사람들을 예쁘게 만들어 주고 싶어서,
내 손끝으로
누군가의 하루를
조금이라도 밝히고 싶어서
그 모든 시간을 견뎌낸 거였다.

그래서 오늘도

바닥을 쓸고
가위를 들고,
거울 앞에 선다.

그리고 마음속으로
이 말을 건넨다.

오늘도 고생했어요,
당신의 손.

아무도 알아주지 않아도
가위는 움직였고,
손은 멈추지 않았고,
하루는 그렇게 지나왔다.
그래서 오늘만큼은
누구보다 먼저
내 손에게 말을 건네고 싶다.
오늘도 고생했어요, 내 손.

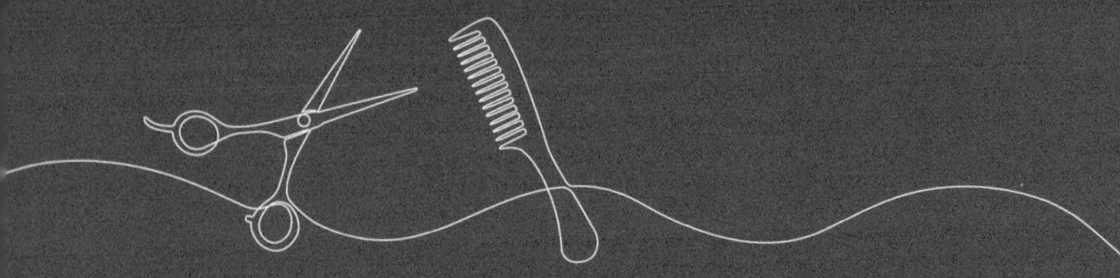

조용히 빛나던 날들

미용사란 직업은
밝은 척, 멋진 척하며,
매일 고객 앞에서
프로페셔널하게 살아가는 일이다.

어쩌면 그 안에서
나 역시 그랬듯이,
무너지고 있는 줄도 모른 채
하루를 버텨왔는지도 모른다.

고객에게 만족을 드려야 한다는 사명감으로
아픈 마음을 숨기고,
괜찮은 얼굴로
매일 거울 앞에 서 있었던 시간들.

글을 쓰며 가슴이 먹먹해졌고,
과거를 떠올리며

힘들고 지친 날들을
다시 통과해야만 했던 순간들도 있었다.

그럼에도 오늘도
각자의 자리에서
묵묵히 하루를 살아내고 있는
모든 사람에게.

그리고
그 시간을 견뎌온
나 자신에게.

이 책을 바친다.

우리는 늘
괜찮은 얼굴을 먼저 연습했고,
무너지지 않는 법부터 배웠다.

하지만
끝내 무너지지 않았다는 사실보다

다시 거울 앞에 섰다는 것이
더 대단한 일이었다.

오늘도
아무 말 없이
자기 자리를 지킨 모든 사람에게

조용한 박수를 보낸다.

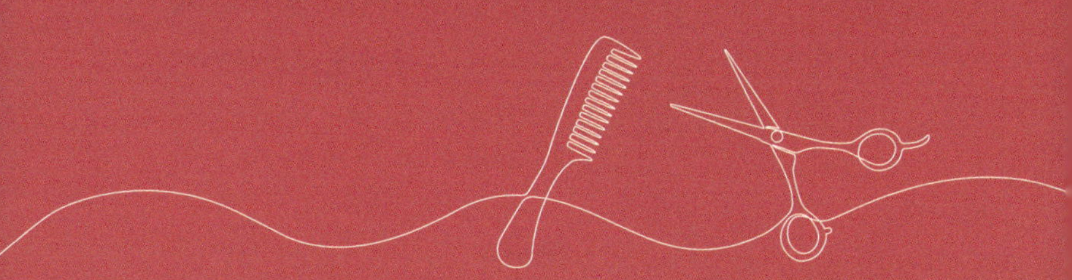

내 곁에 있어준 사람들

내 곁에는 언제나 따뜻한 사람들이 함께해 주었던 것 같다.

그중에서도 옆집 식당의 할머니, 할아버지는 13년 동안 조용히 내 곁을 지켜주신 분들이었다. 두 분은 늘 서로 사이가 좋으셔서, 내가 식당에 들를 때면 언제나 나란히 앉아 믹스 커피 한 잔을 나눠 마시며 이야기를 나누고 계셨다.

다정한 말 한마디를 건네는 일도 잊지 않으셨고, 직접 농사지은 상추나 맛있는 반찬이 있으면 조금이라도 꼭 나눠주셨다. 그 소박한 친절과 따뜻함은 지금도 내 기억 속에 선명하게 남아 있다.

그분들 덕분에 나 역시 나누며 살아가는 사람이 되었다. 그때 받은 마음은 시간이 지나도 사라지지 않고, 지금도 여전히 내 안에 살아 있다. 그렇게 다정하고 따뜻한 사람들이 내 곁에 있었다는 사실이 참 감사했고, 그건 오래도록 나를 버티게 해준 큰 힘이 되었다.

나를 키운 것은
큰 사건이 아니라
작은 다정함들이었다.

다정한 말 한마디,
조금이라도 나누려던 마음,
아무 일 없는 날에도
곁에 있어 주던 시간들.

그 사소한 온기들이 모여
오늘의 나를 만들었다.

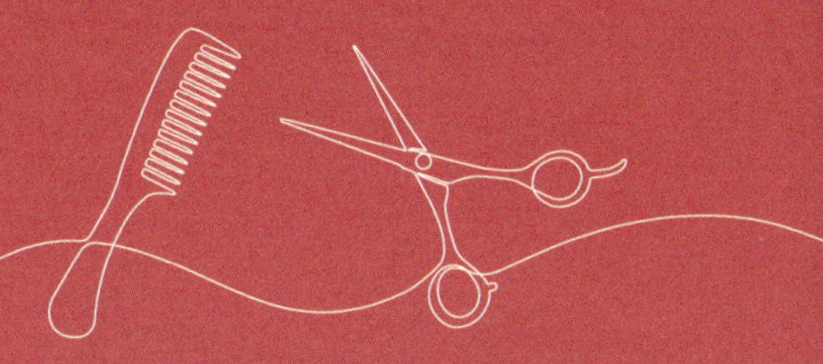

17살의 너에게 보내는 편지

1.

오늘도 아침부터 수건을 개고,

거울을 닦고,

커피를 내리며 하루를 준비하고 있을 너에게.

아직 익숙하지 않은 샴푸실의 습기와

손끝의 긴장감,

고객의 한마디에 마음이 흔들리던

그 시절의 너에게

이 편지를 보낸다.

나도 너처럼 두려웠어.

머리를 자르다 손이 떨렸고,

뒤에서 선배들의 한숨이 들리면
숨이 막혔어.

그래서 샴푸실 뒤에서
이불을 덮고
조용히 울었던 날이
셀 수 없이 많았단다.

그때마다
이렇게 마음속으로 되뇌었어.

**"그래, 나는 아직 배우는 중이야.
지금은 쓰러지는 게 아니라,
자라는 중이야."**

그 말 하나가
나를 버티게 했어.

2.

혹시 누군가
"넌 안 될 거야."
"이 일로 성공하긴 힘들어."
그렇게 말하더라도
너무 상처받지 마.

그 말은
네가 잘될 사람이라서
듣는 말이야.

나는 그 말을 들을 때마다
오히려 마음에 불이 붙었어.

'보여줄게. 나는 된다.'

그 마음으로
여기까지 왔단다.

3.

기억해 줬으면 해.
이 일은
머리를 자르는 일이 아니야.

사람의 하루를 바꾸는 일이야.
너의 손끝이 닿는 순간,
누군가는 자신감을 얻고
울던 사람이
미소를 되찾기도 해.

그게 우리가 하는 일이야.
그게
진짜 미용이야.

고객님이
"시원해요."
그 한마디를 할 때의
그 미묘한 표정.

그게
너의 존재 이유가 될 거야.

그 순간을 절대 잊지 마.
그 순간들이 쌓여
디자이너의 시간이 만들어진단다.

혹시 힘들 때,
지치고 손목이 아플 때,
하루 종일 서 있다
다리가 퉁퉁 부을 때도
잊지 말아 줘.
너는 오늘도
누군가의 마음을
예쁘게 해주었다는 걸.

그게
얼마나 아름다운 일인지
언젠가는
분명히 알게 될 거야.

너무 완벽하려 하지 않아도 돼.
너무 빨리 잘하려 하지 않아도 돼.
그냥
오늘 하루의 진심이면
충분해.

샴푸를 할 때,
커트를 할 때,
염색약을 바를 때마다
마음속으로
이렇게 말해봐.

"이분이
오늘 하루만큼은
조금이라도 행복했으면 좋겠다."

그 마음은
반드시
네 손끝을 통해 전해질 거야.

그리고 꼭 기억해 줘.

너 자신도

소중한 고객이라는 걸.

너의 마음도 다독이고,

너의 손에게도

고맙다고 말해줘야 해.

4.

나는 매일
하루가 끝나면
내 손에게 이렇게 말한단다.
"오늘도 고생했어, 내 손."

그 말이
나를 지켜줬고,
다시 내일을 살아가게 해줬어.

네가 이 편지를 읽는 날,
혹시 눈물이 조금 난다면
괜찮아.

그건
네 안에 있는
진짜 미용사가
조용히 깨어나는 순간이니까.

언젠가 너도 알게 될 거야.
이 길은 길지만,
그 길 위에서 네 손이
수많은 사람의 하루를
밝혀왔다는 걸.

그때 너 자신에게 상장을 줘.

"잘 버텨줬어, 정말 수고했어."

그게 바로 나의 상장이고,
너의 상장이야.

25년 차 미용사 안은혜가,
17살의 너에게.

당신에게 주는 상장

저는 상장 속 문장이 너무 거창하지 않았으면 좋겠습니다.
하지만 가볍지도 않았으면 좋겠습니다.
가장 '진짜' 문장은 대개 단순하고 조용하거든요.

제가 제안하고 싶은 상장 이름은 이렇습니다.

〈끝까지 살아낸 당신에게〉
또는
〈오늘을 살아낸 당신에게〉.

상 장

오늘을 살아낸
당신에게 주는 상   ○ ○ ○

당신은 보이지 않는 시간 속에서도

포기하지 않고 오늘까지 걸어왔습니다.

그 시간은 충분히 존중받아야 합니다.

그러니 오늘, 당신에게 이 상을 드립니다.

우리가 가장 많이 버티는 시간은
보는 사람이 아무도 없는 시간입니다.
그 시간에 대한 존중이 있어야
사람은 다시 살아갈 힘을 얻습니다.

그래서 저는 당신에게 이렇게 말해주고 싶습니다.

**"대단한 사람이어서가 아니라
끝까지 남아 있었기 때문에,
당신은 충분히 상을 받을 사람입니다."**

그리고 한 문장을 더 보태고 싶습니다.

**"당신이 버틴 하루는 사라지지 않습니다.
그 하루들이 당신을 지켜왔습니다."**